KB028545

눈치 보며
사는 것이
뭐 가
어 때 서

행복한 삶을 살게 하는 이치, '눈치'에 관한 40편의 에세이

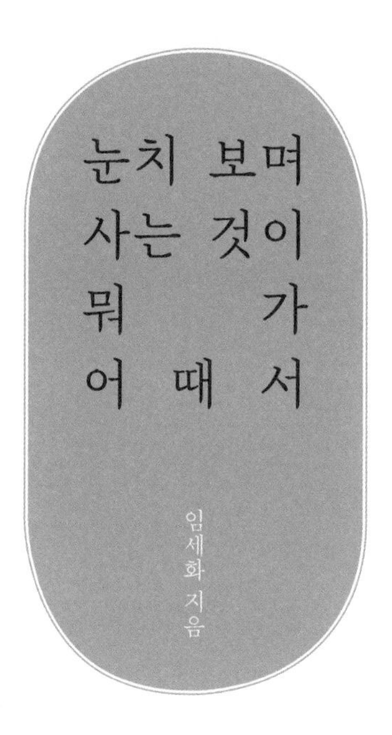

모모북스

작가의 말

나는 많은 용기를 내어 이 책을 썼다.

누구도 상처받기를 원하지 않았다. 그러한 마음으로 차마 녹여내지 못한 이야기도 있다. 하지만 최대한 나와 마주하면서 나를 녹여내고 싶었고, 그만큼 나의 이야기를 많이 담았다.

나의 이야기는 사계절과 닮았다.
나의 인생도, 삶도, 마음도 마찬가지다.

앙상한 가지는 새순이 돋고 금세 풍요로워지며 이윽고 새로운 준비에 들어가는 변화의 모습처럼 서늘한 시간에서 버티고 보니 희망이 보였다.

희망은 곧 뻗어나가 나를 풍성하게 만들었다. 또 다른 시련도 있겠지만 무엇이든 이겨낼 수 있는 내가 되었다.

그런 나의 모습이 오롯이 녹아있는 이 책은 눈치 보지 말라는 책이 아니다. 혹여 눈치 보지 않는 법을 찾아오신 분은 책을 살포시 덮어주길 바란다.

내가 말하고자 하는 것은 당당하게 눈치 보고, 눈치를 활용하자는 것이다.

사람들은 너무나 쉽게 눈치 보지 말라는 말을 남발한다. 눈치 보는 것을 죄짓는 것처럼 만들어버리기도 한다.

왜? 이유가 무엇일까? 왜 눈치를 보면 안 되는 걸까? 눈치 있는 사람에게는 센스 있다고 칭찬하면서 말이다. 눈치를 좀 보면 어때서. 그 덕에 내가 센스 있는 사람이 된 것인데 말이다.

자신의 상황에, 자신을 쉽게 이야기하는 이들에게 빠져 모든 것이 힘들고, 포기하고 싶고, 버림받은 것 같아도 조금만 버티면서 책을 끝까지 읽어주었으면 한다. 자신을 믿어주는 사람이 단 한 명이라도 있다면. 내가 나를 지킬 수 있다면. 그것으로 충분하다. 내가 당신을 믿겠다.

책을 읽으며 진정한 자신을 찾고, 자신이 원하는 모습이 떠오른다면 일단 미리 축하를 보낸다. 다만 그 모습은 순식간에 되지는 않을 수도 있다. 그러나 조금씩이라도 준비를 해가다 보면 그것은 결국 나의 모습에 한 발 다가가는 징검다리가 될 것이다.

우연한 기회에 맺은 지금의 이 인연이 도움이 되기를.
오래도록 마음에 따뜻하게 남아 웃음 짓게 되기를 바라본다.

contents

PART 2 휘둘리고, 상처받지 않고 살 수는 없을까?

PART 3 눈치 9단이 깨달은 사회생활에서 살아남는 법

PART 4 센스와 배려는 남기되, 당당하게 사는 7가지 법칙

PART 5 눈치는 챙기며 거침없이 사는 비결은 결국 자존감이다

PART 1

내가 남의 눈치를 보며 살게 될 줄이야

1. 나의 눈칫밥 생활의 시작

코로나19로 일상의 소중함을 깊이 느끼게 되면서 20대 때 보았던 드라마 〈천일의 약속〉이 종종 떠올랐다. 〈천일의 약속〉의 많은 장면 중에서도 주인공 서연의 고모와 고모부가 나오는 장면이 참 푸근하게 느껴졌다. 두 분은 동생의 죽음으로 인해 고아가 된 조카들을 사랑으로 키워낸다. 서연 남매가 독립할 때까지도 자식처럼 따뜻하게 보듬어준다. 남의 집에 얹혀사는 서연 남매의 입장에서는 눈치가 보인다. 우리 집이 아닌 곳에서 살아야 한다는 것은 그런 것이다. 아무리 신경 쓰고 챙겨준다고 해도 눈치가 보일 수밖에 없는 것.

얼마 전 사촌 언니에게서 문자가 왔다. '아기 기념사진 찍을 때 쓰는 화관이랑 날개 누가 안 쓴다는데, 얻어다 줄까?' 언니의 문자를 시작으로 짧게 통화도 했다. 그러다 자연스레 나의 기억은 30여 년 전으로 흘러갔다.

나는 세상에 나와 금세 가족과 떨어져야 했다. 집안 상황이 어려워 나 혼자 친척 집으로 가게 되었다. 그때의 나는 아무것도 모르는 아기일 뿐이었다. 기억나는 것이 많지는 않다. 너무 어린 나이였기 때문에 '여기가 우리 집이 아니구나.'라고 깨닫기까지도 꽤 오랜 시간이 흘렀다.

해외 출장을 자주 다녀오시는 이모부가 가끔 장난감을 사 오셨다. 사촌 언니, 오빠가 좋아서 신나 하는 모습을 보며 '와~ 좋겠다. 내 것도 하나쯤 있을까? 아마 내 것은 없겠지?' 하는 생각이 들었다. 그 장난감은 내가 탐낼 것이 아니라는 것을 어렴풋이 알고 있었던 모양이다. 지금 내게 처한 상황이 마음껏 떼를 써도 되는 상황이 아니라는 것을 알고 있었다. 눈치를 봐야 하는 환경에 놓여 있다는 것을 인지하기 전부터 나의 첫 눈치는 이렇게 조금씩 시작되고 있었다.

시장에서 있었던 일로 기억한다. 나는 이모에게 익숙한 듯 불렀다.

"엄마."

사촌 언니는 그런 나에게 쏘아대듯 말했다.

"너희 엄마 아니야. 우리 엄마야."

나로서는 큰 충격이었다. 이 일을 계기로 나의 눈치는 본격화되었다. 사촌 언니는 내가 얼마나 미웠을까. 이모는 분명 사촌 언니를 훨씬 더 많이 사랑했을 테지만, 언니는 내가 이모의 사랑을 빼어갔다고 생각하기에 충분한 상황이었다. 워낙 어린 시절이라 눈치의 기억이 많지 않지만, 그러한 환경 자체가 혼란스러웠고 힘들었다. 그런 상황에 놓인 것이 원망스럽고 모두가 밉기도 했다. '왜 나를 그렇게 놓아둘 수밖에 없었어.'라는 생각이 들었다. '눈치 볼 수밖에 없게 만들어 놓고 왜 자꾸 눈치 볼 필요 없다, 눈치 보지 말라고 하는지 모르겠다.' 싶기도 했다. 그때는 나만 어린 것이 아니었다는 것을 시간이 한참 지나고 나서야 깨달았다. 우리 모두가 어렸다. 어른들도, 사촌 언니, 오빠도.

내 마음이 채 단단해지기 전이라면 내가 원망하기 가장 쉬운 대상은 나 자신인 동시에 가족이다. 뾰족하게 튀어나온 가시가 향하기 가장 쉽기 때문이다. 사소한 일에도 원망의 화살은 금방 동력을 받아 튕겨 날아가 버린다. 때로는 어디로 향하는지도 모르고 이리저리 쏘아버린다. '나한테 왜 그랬어?' '상황이 이런데 어떻게 눈치를 안 봐?' '이럴 거였으면 나를 왜 낳았어?' 입 밖으로 낸 사람들도 있을 것이다.

가족이기에 쉽게 상처 주고 상처받는다. 그러고 나서는 금세 후회한다. '아, 이 말은 하지 말걸. 내가 왜 그랬지.' 한바탕 퍼붓고 나서는 자신이 더 속상해한다. 하지만 어쩌겠는가. 이미 물은 엎질러졌고, 나도 어딘가 뱉어내야 숨이라도 쉴 수 있지 않겠는가.

불편한 상황에 나만의 기준을 만들어 자신을 억지로 끼워 넣고 스스로를 옥죄지 말자. 어쩔 수 없는 상황이라는 것도 있다. 우리 집이 아닌 곳에서는 당연히 눈치가 보인다. 눈치를 안 볼 수 있다는 것이 의아한 일이다. 눈치를 보아야 하는 것이 맞는 것 아닌가?

그런 상황에서는 눈치껏 행동하는 일이 필요하다. '눈치 보지 말고 자기 집이라 생각하고 지내.'라는 말은 굉장히 모순적인 말인데, 왜 자꾸 하는지 모르겠다. 그냥 적당히만 해줬으면 좋겠다. 계속 듣다 보면 눈치 좀 보라는 말인지 헷갈리기 시작한다. 그런 사람들의 말에 더 이상은 신경 쓰지 말자. 상처 되는 말을 뱉어내고 나서 후회된다면, 그 이상의 깊은 대화를 나누어 보는 건 어떨까. 다시는 후회할 말을 하지 않아도 될 만큼 충분히.

진심의 마음으로 감싸 안아 주는 이들도 있다. 드라마 〈천일의 약속〉에서 서른의 나이에 서연이 '알츠하이머'라는 병에 걸렸다는 것을 알고 나서 서연을 미워하던 사촌 언니를 비롯한 고모네 식구들은 친가족과 마찬가지로 지극정성으로 서연을 보살폈다. 이렇듯 진심으로 가족으로 받아들이고 아껴주는 이들도 분명히 있으니 모두의 마음을 의심하지는 않았으면 한다.

한 걸음 뒤로 물러서서 '눈치 보이는 상황을 어떻게 하면 나에게 좋은 방향으로 활용할 수 있을까' 하고 생각해 보자. 만약 내가 친척 집에서 살지 않았다면 나는 어떻게 되었을까? 눈치를 보지 않는 아이가 될 수 있었을까? 그건 장담할 수 없는 일이다. 적어도 지금처럼 무엇이든 잘 먹고, 눈치가 꽤 유용하다는 것을 깨달으며 활용하기까지는 어려웠을 것 같다.

2. 나에게 쏘아댄 수많은 화살

세상에 태어나고 싶어 태어난 사람이 몇이나 있을까? 그냥 태어나 보니 자연스레 세상에 나와 있는 것을.

나는 친가와 외가 사촌 중에서 막내이다. 막내의 숙명일까. 명절이 되면 어디에도 끼지 못하는 천덕꾸러기가 되곤 했다. 어른들은 혼자 외로이 남겨질 막내를 두고 볼 수 없었기에 사촌들에게 돈을 쥐여 주면서까지 막내와 함께 놀라고 다독였다. 사촌들은 나를 떠안기는 싫었지만 어른들의 성화에 억지로 나를 챙길 수밖에 없었다. 사촌 중에는 싫은 티를 낸 이도, 묵묵히 그저 잘 챙겨준 이도 분명히 있었다. 어쨌든 내가 느낀 바로는 나를 피하고 싶어 하는 듯 보였고, 나는 눈치 보기 바빴다.

어린 마음에 '나의 존재는 귀찮고 치워버리고 싶은 존재인가 보다.' 하는 생각이 들었다. 어른들에게서는 '어른들 노는데 여기 있지 말고 언니, 오빠들이랑 가서 놀아~'라고 말하는 듯이 느껴졌고, 사촌들은 '아~ 우리 놀러 가고 싶은 곳도 못 가고, 불편한데~'라고 생각하는 것처럼 느껴졌다.

분명 나 때문에 가고 싶은데, 갈 수 없던 곳도 있었을 것이다. 하지만 나도 이리저리 미뤄지는 것은 싫었다. 마치 내가 여기저기 차이는 탱탱볼과 같았기 때문이다. 내가 늦게 태어나고 싶어서 태어난 건 아니지 않은가.

어른들은 나를 위하는 일이라고 생각하며 같이 놀라고 이야기했지만, 정작 나는 그런 상황이 불편했다. 그때 나는 '진심으로 상대방을 위한다는 것이 어떤 것일까.' 하는 생각이 들었다. 누군가 단 한 사람이라도 나의 마음을 바라보고 나의 바람대로 움직일 수 있게 해 줬더라면 얼마나 좋았을까.

어린 시절부터 집안의 경제적인 상황을 신경 써야 했던 나는 경제적인 관념을 일찍 확립할 수 있었다. 덕분에 고등학교 졸업식에서 단상에 올라 '저축상'을 받기도 했다. 친구들은 이런 나를 이상한 사람 취급했다. 겨우 마음을 열고 나의 이야기를 건네었던 한 친구도 마찬가지였다.

나는 언제나 친구의 이야기를 듣는 입장이었다. 그러다 한 번은 친구가 이런 말을 했다.

"너는 왜 너의 얘기를 안 해? 맨날 내 얘기만 하잖아. 네 얘기도 좀 해봐."

여러 번 물어보는 친구와 마음이 잘 통할 거란 생각에 홀라당 넘어가 울컥하며 나의 이야기를 꺼냈다. 어렵게 꺼낸 이야기에 그 친구는 우리 집에 대해 쉽게 말하기 시작했다.

"그걸 네가 왜 신경 써. 우리는 그런 거 신경 안 써도 돼. 알아서 하시겠지. 뭐 그렇게 신경을 써."

대수롭지 않게 취급당했다. '내 생각해서, 나를 걱정해서 한 말은 아니었을까? 나의 자격지심으로 인한 착각은 아니었을까?' 몇 번을 생각해 봤지만, 그때의 말과 표정, 눈빛에 이미 내 마음에는 상처가 나 버렸다.

때로는 나도 아무 생각 없이 노는 친구들처럼 지내고 싶었다. 언제나 여러 가지를 다방면으로 고민해야 했던 내가 친구에게 용기를 내어 처음으로 나의 이야기를 꺼냈던 것이었다. 하지만 돌아오는 건 쉽게 내뱉어진 말뿐이었다.

나는 아팠고, 더욱 입을 닫아버렸다. 우리 집 사정을 신경 쓰지 않을 수가 없었다. 이럴 수밖에 없는 내가 나도 답답했다.

나의 잘못이 아니란 것은 알고 있다. 이런 상황을 내가 원한 것도 아니었는데. 단지 그때의 나는 어렸고, 자존감이 낮은 상태라 날카로운 화살이 모두 나에게로 향했다.

한동안 나에게 수많은 화살을 쏘아댔다. '이렇게 태어나고 싶어 태어났냐고, 나도 좋은 집에 웃음 많은 아이로 태어나고 싶다고. 아니 그냥 평범하기만이라도 했으면 좋겠다고.' 한탄해봤자 무슨 소용인가. 하지만 바뀌는 것은 단 하나도 없다. 어둠 속에서 한참을 헤매다 어떻게든 웃어보려 노력하던 내 마음은 웃음이 불씨가 되어 점점 밝아져 갔다.

한탄한다고 바뀐다면 백 번 천 번이라도 하겠다. 부정적인 말은 부정적인 마음을 만들 뿐이다. 비관적인 말을 뱉음으로써 내 마음이 어둠으로 들어가게 만들고, 그 마음은 결국 나를 부정적인 상황으로 이끌게 될 것이다. 그런 일을 굳이 왜 해야 하는가.

어차피 나는 이렇게 태어났다. 내가 처한 환경은 이미 정해졌다. 내가 선택할 수 없는 어려운 상황이라고 해서 나까지 자신을 바닥으로 끌어 내릴 필요는 없지 않은가. 자신도 모르게 푸념하는 말이 나온다면 반대로 이렇게 말하는 연습을 해보자.

"이렇게 태어나고 싶어서 태어났냐."

→ "어려운 상황에도 나는 참 복이 많구나."

혹은 이렇게 말하는 것도 좋겠다.

"내가 괜찮은 사람인데, 어디든 좋은 곳이지 않겠어? 어디든 상관없잖아? 이곳에서 가장 행복한 사람이 되고야 말겠다." 라고.

한 번씩 호탕하게 웃어 보는 것도 좋겠다. 그런 시간이 점점 늘어나면서 시나브로 나는 더 좋은 사람이 되고, 더 좋은 환경으로 바뀌어 있을 것이다.

3.

나는 언제나 어디론가 가야 했다

어디론가 향할 목적지가 있다는 것은 마음이 편안해지고 안정감을 주는 일이다. 내딛는 발걸음에 자신감이 생기고 안도감을 안고 달려갈 힘을 준다.

옛날 드라마를 보면 갈 곳 없이 떠돌며 공허한 눈빛으로 거리를 거니는 아이가 나올 때가 있다. 혹은 밤중에 집에서 쫓겨나 홀로 울며 골목을 거니는 아이도 있다. 그들을 보며 이런 생각을 했다. '갈 곳 없는 아이가 과연 희망을 품을 수 있을까? 갈 곳이 집밖에 없는 아이가 집에서 쫓겨날 때 무슨 생각을 했을까? 집으로 돌아가고 싶기는 할까? 어디론가 가고 싶지만 갈 수 없는 나이와 상황 속에서 얼마나 절망적일까?'

또는 이런 장면도 있다. 가족이 모두 함께 집에서 살고 싶지만, 집이 어려워 집에서 살 수 없는 모습들. 부모도, 아이도 괴롭지만 떨어져야 할 수밖에 없는 상황에서 서로가 얼마나 애끓는 심정이었을까?

친척 집에 살던 어린 시절, 나는 어렸고, 상황의 인지 자체가 없었기에 애가 끓지는 않았다. 고등학교 2학년쯤, 집이 경매에 넘어가고 피치 못할 사정으로 살고 있던 기숙사에서도 나와야 했다. 나는 어딘가에 다시금 맡겨져야 하는 상황이 되었다. 부모님의 고민 끝에 외할머니 댁에서 지내게 되었다. 힘든 상황에서의 목적지였지만 외할머니의 따뜻한 품에서 시간을 보낼 수 있어 좋았다.

사건은 늘 이렇게 아차 하는 순간에 벌어지는 법이다. 외할머니 집으로 걸려 온 독촉 전화를 마침 집에 있던 내가 받은 것이다. 거짓말하면 안 된다며 어디 있는지 연락은 되는지 매섭게 몰아붙이는 탓에 내 마음속의 모래성은 무너지고 있었다. 그렇다고 티를 내고 싶지는 않았다.

아무 일 없는 듯 문을 나서고 거리를 헤매기 시작했다. 여기저기 정신없이 걷다 보니 내가 어디에 있는지 알아차리기가 힘들었다. 한참을 무서움에 떨며 울다가 겨우 정신이 조금 들었다. 그 상황에서도 그나마 내가 돌아갈 곳이 있다는 사실에 안도감을 느꼈다.

독촉 전화를 받고 나선 그 밤에 정처 없이 길을 거닐 때는 세상에 홀로 남겨진 기분이었다. 연락할 곳도, 향할 곳도 없다고 생각했다. 한참의 시간이 흐르고 나서야 나도 갈 곳이 있다는 것을 깨달았다. 그렇게 나는 다시금 외할머니의 품으로 돌아갈 수 있었다. 지금 생각해보면 괴롭고 힘든 시간이었음에도 불구하고 외할머니와 함께할 수 있었던 소중한 추억이 애틋하고, 감사하게 느껴진다.

대학생이 되고 3년 후쯤 외할머니가 돌아가셨다. 고등학교 2년 정도의 시간이 나에게는 의미가 컸기에 대학생이 된 후 부모님께는 매일 전화하지 못해도 외할머니와는 매일 통화했다. 그런 외할머니가 나도 모르는 사이에 중환자실에 계셨고, 다시는 볼 수 없게 된 것이다. 내가 충격을 받을까 봐 미리 말하지 않은 부모님과 사촌들이 원망스러웠다. 눈물이 휘날리도록 급하게 장례식장으로 향했다.

일주일 정도의 시간이 흐르고 자취방으로 돌아왔다. 급하게 정신없이 콘센트를 다 뽑아 놓고 달려간 탓에 냉동실이 다 녹아 물바다가 되어 있었다. 모든 걸 정리하고 오른 등굣길. 할머니가 좋아하던 꽃들이 잔뜩 핀 길을 오르며 나는 고등학교

때 나의 아픔을 어루만져주던 할머니가 사무치게 그리웠다. 그렇게 나는 매일 할머니 품으로 향했다.

언제나 어디론가 가야 했던 나는 나만의 자취방이 생긴 이후에도 힘들거나 답답할 때는 어디든 나가야 숨이 쉬어졌다. 정처 없이 발걸음을 옮기다 보면 걸음걸음에 힘든 것들이 툭툭 떨어져 갔다.

만약 나와 같은 기분을 느꼈다면, 갈 곳이 없다고 단번에 좌절하지 않았으면 한다. 단지 내 마음이 아직은 발을 딛고 서지 못하는 것뿐이다. 정처 없이 거닐다 보면 걱정과 고민은 툭툭 떨어질 것이다. 어느 순간 마음이 가라앉으며 보이지 않던 것들이 보일 것이다. 비로소 나를 기다리는 이들도 눈에 들어올 것이다. 없다고 쉽게 단정해 버리지는 말자. 그런 사람이 단 한 명도 없다고 스스로 결론 내리고 홀로 힘들어하고 있을 때 애타게 당신을 기다리는 이가 분명히 있다.

끝끝내 없다고 느껴진다면 자신의 마음을 조금 더 들여다보기를 바란다. 결국에는 당신을 기다리고 있는 그 사람을 보게 될 것이다. 그리고 보이지 않던 당신의 목적지도 발견하게 될 것이다.

4. 누구도 나를 본 적이 없다

영화 〈뷰티인사이드〉는 자고 일어나면 얼굴과 몸이 바뀌는 한 남자가 한 여자를 사랑하게 되면서 일어나는 일들을 담고 있다. 내면의 아름다움에 초점을 맞추어 결국에는 얼굴과 몸이 바뀌어도 사랑을 이루는 결말을 그린다.

이 영화에서 가장 인상 깊게 본 것은 남자 주인공 우진의 장난에 여자 주인공 이수가 화를 내는 장면이다. 자고 일어나면 변하는 우진을 행여나 알아보지 못할까 봐 겁을 내며 불안해하고 있던 이수에게 우진이 무심코 장난을 친다.

"나 어디 있게? 찾아봐."

이수는 장난치지 말라고 한다. 결국 멈추지 않던 우진에게 화를 내고 싸우게 된다. 이수는 극도의 불안감에 우진과 함께

할수록 점점 머리가 아파지고 약을 먹기에 이른다. 이수의 상태를 알게 된 우진은 이수와 이별 후 체코로 떠난다. 이수는 뒤늦게 우진을 만나러 체코로 향한다. 마지막에는 우진과 이수가 다시 만나 모든 것을 극복하고 사랑하는 모습을 보여주며 영화는 끝이 난다.

이 부분을 보며 왠지 모르게 우진과 이수가 한 사람으로 오버랩 되었다. 내가 어떤 사람인지 알지 못하는 상태에서 이리저리 휘둘리고, '나는 누구일까?' 줄곧 불안에 떨며 곪아가다 결국에는 폭발해버리는 한 사람. 그 모습이 꼭 어디에도 속하지 못하고, 세상에 없는 것 같던 나와 닮아 보였다. 나는 그 장면에서 결국 오열하고 말았다.

나는 집안 형편상 친척 집에 맡겨졌기에 그곳에서 보내는 시간이 지배적이었다. 등에 업혀 다닐 때만 해도 엄마의 존재를 혼동하기도 하다가 "너희 엄마가 아니야!"라는 사촌 언니의 말에 충격을 받고 내 가족이 있는 곳은 이곳이 아니라고 인지를 했다.

'내 가족'을 인지한 후 얼마나 지났을까. 우리 지방에 비가 무서우리만큼 억수같이 내리던 날 밤이었다. 세찬 빗소리에 나의 온 정신이 바깥을 향하고 있었다. 순간 그런 생각이 들었기 때문이다.

'비가 이렇게 많이 내리고, 나는 수영도 못하는데, 여기서 이렇게 홍수가 나서 물에 빠지면 나는 가족도 없이 외로이 죽는 것 아니야? 그러기는 싫은데……. 물에 빠져도 가족과 같이 있어야지!'

신발을 신고 밖으로 나갔다. 앞도 보이지 않을 정도의 비가 바닥을 순식간에 삼켜버리고 나서야 집에 있어야 할 누군가가 없다는 것을 깨닫는다면 어떻겠는가. 심지어 동네 바깥으로는 잘 나가보지도 못한 아이라면? 그런 아찔한 상황에서 억수같이 쏟아지는 비를 뚫고 무작정 길을 나섰다. 그 순간에는 누구도 길을 나선 나의 존재를 아는 이가 없었다.

지금 한 아이의 엄마가 된 나는 그 상황을 상상하는 것만으로도 눈앞이 아찔하다 못해 심장이 쪼그라들어 숨을 못 쉴 지경이다. 누구도 눈치를 채지 못하게 나가는 것이 쉽지 않을 터인데 어린 시절의 나는 그 어려운 걸 해내 버렸다. 그때는 그렇게 무서울 것이 없는 아이였던 모양이다.

내가 나간 것은 아무도 몰랐다. 알았다면 조그만 아이가 빗줄기가 내리꽂는 속으로 걸어 들어가는 것을 보고만 있지는 않았을 것이다. 순식간에 내 발도 보이지 않을 정도의 물이 차올랐다. 나는 그 물을 헤치고, 작은 발을 부단히 움직여 '나의 가족'이 있는 곳으로 향했다.

단지 어린 마음에 홍수가 나도 가족 곁에 있고 싶다는 마음이었다. 마음 깊은 곳에서는 '내가 없어져도 아무도 모를 것이다. 내가 없어진다고 해도 누구도 나를 찾지 않을 것이다.'라는 미련한 생각이 있었을지도 모르겠다.

천만다행으로 나는 안전하게 '가족이 있는 집'에 잘 도착했고, 빗속을 헤치고 오느라 녹초가 되었다. 지금 생각해 보면 모든 걸 알게 된 두 집은 발칵 뒤집혔을 것 같다. 그 밤에 그 빗길에, 아이 혼자서 그 위험한 길을 가다니. 귀여우면서도 짠한 마음이 든다. 아마 어른들은 짠하면서도 화가 났을 것이다. '제발 그런 일은 좀 벌이지 말았으면……. 심장이 쪼그라든다.'라고 할 것이다. 나 또한 지금 마음은 그렇다. 하지만 그때는 또 그렇게 해야만 했다. 가만히 있을 수가 없었다.

그런 나의 행동을 후회하지는 않는다. 그렇게 할 수밖에 없었던 작은 아이의 간절한 바람이었을 뿐이다. 너무 이기적인 생각이었다 할지라도.

나는 여유가 될 때 카페에 앉아 창밖에 거니는 사람들을 바라보곤 한다. 사람들을 바라보면 혼자 멍하니 걷는 사람들이 종종 보인다. 목적지가 없진 않을 텐데 마치 정처 없이 거니는 것처럼 보인다. 꼭 자신의 세상에 빠져 아무도 자신을 보지 못한다고 생각하는 것처럼 의욕이 없어 보이기도 하다.

나도 그렇게 걸었던 때가 있었다. 분명 목적지를 정하고 나왔는데, 정신을 차려보면 내가 어디로 향하고 있었는지, 무엇을 하려고 했는지 기억이 나지 않았다. 아무도 보이지 않았고, 누구도 나를 볼 수 없는 느낌이었다. 모든 것이 낯설게 느껴졌고, 세상에 홀로 남은 기분이 들었다.

한번은 정신없이 길을 거닐고 있는데, 누군가가 나를 부르는 소리가 어렴풋이 들렸다. 가만히 서서 두리번거리니 동네 아주머니가 다가오셨다. '오랜만에 보니 반가워서 몇 번이나 불렀는데, 안 들리더냐.'고 물으셨다. 길가에 서서 아주머니의 이야기를 들으며 머릿속에 천둥이 치는 기분을 느꼈다.

"얼굴이 많이 좋아진 것 같다. 더 예뻐졌네. 열심히 사는 모습이 보기 좋아. 고생한다. 나중에 또 보자."

아무도 나를 보지 않고 있다고 생각했는데, 보고 있는 사람이 있었다. 나를 신경 써주고 있던 사람이 있었다. 잠깐만 스쳐 지나가도 나를 위로해 주는 사람이 있었다. 그때부터 나는 조금 더 힘을 내어 걸어보기로 했다. 단숨에 밝아지거나 힘이 넘칠 수는 없겠지만, 내가 걷는 걸음에 나를 위한 격려 한마디를 첨가했다. 왠지 기운이 나는 기분이었다. 마치 흑백이던 화면이 컬러 화면으로 바뀌는 느낌이라고 해야 할까.

나는 사실 외롭고 두려웠던 것은 아닐까? 당신도 나와 같은 마음으로 혼자 두려워하고 있다면, 지금부터는 그러지 않았으면 한다. 누구도 나를 봐주지 않고 내가 사라져도 걱정하지 않으리라 생각한다면 당신 혼자만의 착각이라고 말하고 싶다. 나의 단언에도 불구하고 '나는 절대 아니다. 나에게는 정말 아무도 없어.'라고 하는 사람이 있을 수 있다. 그래도 괜찮다. 알아채지 못할 수도 있는 일이니까.

자신의 주변 사람 누구든 노트에 한번 적어보길 바란다. 현재 주변 사람들로부터 과거로 거슬러 올라가도 좋다. 한 사람 한 사람 적고, 멀어진 사람을 지워보자. 그리고 남아있는 사람 중 나를 조금이라도 궁금해하는 사람에 동그라미를 쳐보자. 분명 그들은 나를 걱정하는 이들일 것이다. 스쳐 지나가듯 나에게 위로를 건네던 아주머니처럼.

사실 누구보다 나를 가장 걱정하고 생각하는 존재. 그것은 바로 '나'이지 않을까. 아무도 나를 보지 않는다고 생각하고, 그런 생각으로 자신을 소홀히 대하는 것들을 조금 더 진지하게 생각해 보았으면 한다. 나를 진심으로 바라보는 그런 사람들을 두고, 누구보다도 소중한 나 자신을 두고 나에게는 아무도 없다고 감히 함부로 착각하지 말자. 절대 자신을 함부로 하지 말자.

5. 사랑과 재채기 그리고 '눈치'도 숨길 수 없네

'사랑과 재채기는 절대로 숨길 수 없다.'는 말이 있다. 상대방은 모를 것으로 생각하고 태연하게 행동하다가 알고 보니 이미 눈치를 채고 선을 긋고 있었던 짝사랑. 완벽하게 숨겼다고 생각했지만, 복사기도 알고 있던 사내 연애. 코끝이 찡할 정도로 열심히 참아 봐도 결국에는 터져 나오는 재채기는 말할 것도 없다.

대학 시절 시시때때로 동기사랑 나라사랑을 부르짖을 정도로 동기들과의 시간이 좋았다. 그저 사람이 좋았던 나는 모두가 집으로 향하는 밤이 되어서야 동기들과 헤어졌다. 자연스레 서로를 잘 알게 되었고, 많은 동기 중 유독 붙어있던 한 친구가 어느 날 나에게 물었다.

"너는 왜 이래도 좋다, 저래도 좋다고 해?"

나는 대답했다.

"이것도 저것도 딱히 상관없어서 난 다 좋은데?"

친구는 그것이 아니라고 했다. 마치 무리해서 모든 것을 끼워 맞추고 있는 것처럼 보인다고 했다. '네가 눈치 볼 상황도, 그럴 필요도 없다.'고 덧붙였다. 친구의 이야기를 듣고 나서야 눈치라는 녀석이 꽤 오랜 시간 나에게 스며들어 버릇이 되어 있었다는 사실을 깨달았다. 나조차도 인지하지 못했던 눈치를 친구가 이미 눈치채고 있었던 것이다. 그때부터는 눈치를 보지 않으려고 노력했다. 내가 눈치 보는 걸 아무도 눈치채지 못하게 전전긍긍하며 애썼던 것 같기도 하다. 어렵고 힘들었다.

최근 〈연애의 참견〉이라는 프로그램을 보았다. 남자친구에게 매일 혼나는 고민녀의 사연이 소개되었다. 고민녀는 자신의 남자친구가 함께 잘 있다가도 갑자기 화를 내는데, 화가 난 이유를 절대 말해주지 않는다고 밝힌다. 정답을 찾으려 해도 도저히 답을 구할 수 없는 남자친구의 말을 해석하느라 어려움을 겪는다.

하나의 일화로 고민녀가 스트레스 받아서 매운 것을 먹자고 했다. 남자친구는 "마음대로 해~ㅋㅋ"라고 한다. 고민녀는 매운 떡볶이를 주문해두었는데, 그날 고민녀는 떡볶이를 먹다가 결국 체했다고 한다. 얼른 먹으라는 고민녀의 말에 남자친구가 "저리 치워!"라며 뜬금없이 화를 내고 집에 가버렸기 때문이었다. 이유를 말해달라는 고민녀의 말에 떡볶이를 안 먹고 싶었던 것을 알면서도 일부러 시켰다고 한다. 자신은 완곡히 거절을 했다고 하는데, 아무리 찾아봐도 그렇게 생각되는 말은 어디에도 없었다.

고민녀는 이런 데이터베이스를 가지고 다음번 주문에 "마음대로 해~ㅋㅋ"이라는 이야기를 듣고는 마음에 안 드는 줄 알고 메뉴 변경을 해서 주문했다. 그러자 남자친구는 그거 먹으려고 맥주까지 사 왔는데 너 때문에 분위기 깼다며 또 가버린다. 이 외에도 여러 일화 속에서 고민녀는 남자친구에게 번번이 혼나며 자책한다.

방송에서는 눈치와 배려가 없는 고민녀 때문에 남자친구가 답답해하고 고민녀는 남자친구 눈치를 보는 날들의 연속이 되었다는 자막이 나온다. 이 사연을 두고 '연애 능력 고사 – 언어능력'이라고 하던데, 이게 과연 언어능력의 문제일까.

사연에서 남자친구는 제대로 표현하지 않으면서 센스 있게 알아차리길 바란다. 아니 강요한다. 고민녀가 자신으로 하여

금 눈치를 보느라 '이렇게 해야 하나? 저렇게 해야 하나?' 고민하는 것을 보고 있으면서도 자신의 의견을 확실히 말하려고 노력하지는 않는다.

'고민녀가 눈치 보는 것을 모르는 것은 아닐까?' 하는 사람도 있을지 모른다. 설마, 그럴 리가. 눈치는 숨길 수 있는 것이 아니다. 온몸의 신경이 쏠려있는 것을 정말 모른다고 한다면 그 사람은 나에게 관심이 없거나, 바보인 것은 아닐까. 과연 그런 사람이 나를 사랑한다고 할 수 있을까?

고민녀는 자신이 왜 남자친구의 생각을 잘 모르는지, '남자친구의 진심을 파악할 좋은 방법은 없을까?' 하고 고민하지만, 나는 그 고민을 자신을 위해 쓰라고 말하고 싶다. 고민녀는 이미 충분히 눈치를 보고 배려하기 위한 노력을 하고 있다. 남자친구가 고민녀를 위한 노력을 하지 않는다면 그 사람은 이미 마음이 떠난 것은 아닐까.

상대방의 생각과 진심을 알려고 노력하기에 앞서 이제까지 눈치 보느라 애쓴 자신을 들여다보고 다독여주는 것이 우선이다. 전전긍긍하며 눈치 보지 말고 편하고 확실하게 보자. 그 눈치로 상대방과 센스 있게 만나 가자.

6. 옷깃만 스쳐도 타인의 반응을 살피는 나

"옷깃만 스쳐도 인연이다."라는 말이 있다. 나에게는 옷깃만 스쳐도 인연이었으면 하는 사람이 있었다. 제발 그냥 조용히 지나가 주기를 바라는 사람도 있었다. 집도 없고 돈도 없었던 어린 시절, 옷깃만 스쳐도 눈치 봐야 했던 시간도 있었다.

친척 집에 살며 눈치를 배우기 시작한 나는 특히 사촌들의 눈치를 더 볼 수밖에 없었고, 그것은 커가면서도 마찬가지였다. 나를 귀찮아하고, 데리고 다니기 싫어하던 사촌들이 어느 순간부터 어른들이 말하지 않아도 무조건 데려가기 시작했다.

예전에는 나를 억지로 챙기는 것이 싫었는데 이제는 알아서 챙겨주니까 분명 좋아야 하는 일이었다. 어찌 된 일인지 내 마음은 전혀 좋지 않았다. 단순히 예전 기억 때문이었을까? 한

해 두 해가 지나고 이제는 나 스스로 안 간다고 말할 수 있는 나이가 되었는데도, 아무런 말을 하지 못했다.

외출의 눈짓이 오가고 분위기가 만들어지는 순간부터 부담스러워지기 시작했다. '혹여나 또 나를 귀찮아하고 나를 두고 간다고 말하지 않을까? 이번에는 뭐라고 말하려나?' 혹시 모를 기대감도 있었다. 옷을 쥐여 주며 빨리 나가자고 채근할 때도 '마음이 바뀌지 않을까? 꼭 내가 가야 하는 걸까?' 싶었다.

반응을 살피고, 기회를 노렸다. 자그마하지만, 용기 내어 말했다. '나는 그냥 여기 있으면 안 되나?' 돌아오는 대답은 '뭐라 하노? 그건 배신이지!'였다. 그렇게 문밖을 나서는 순간까지 나는 확실한 의사 표현 한번 제대로 하지 못한 채 이곳저곳을 따라다녔다. 누군가는 '사촌들끼리 그냥 재밌게 놀면 되는 일 아닌가? 어렵게도 생각한다.'라고 쉽게 말할 수도 있다. '남들이 보기에는 아무것도 아닌 일이 나에게는 어릴 때의 상처가 트라우마로 자리 잡았던 것은 아니었을까?' 하고 생각한다.

초등학교 시절 친한 친구가 다른 반으로 배정되고, 처음에 친해진 친구는 전학을 갔다. 친구가 없어진 나는 외톨이가 되어버렸다. 부끄러웠다. 나를 어떻게 보는지에 대한 시선이 두려웠다. 만약 내가 자존감이 강하고 자신을 사랑할 줄 아는 아이였더라면 그러지 않았을지도 모른다. 하지만 나는 소심하고 주눅 들어 있는 아이일 뿐이었다.

그런 중에 '뇌척수막염'에 걸려 학교를 며칠 빠지게 되었다. 나를 이상하게 보는 것 같았다. 시선이 마주치기라도 하면 눈을 피하기 바빴다. 수군수군 수군……. 내 얘기를 하는 것 같았다. 지렁이가 올라오는 것같이 속이 우글거렸다. 별 이야기 안 했을지도 모른다. 아예 신경 쓸 존재조차 되지 않았을지도 모른다. 나는 지레 신경이 곤두서서 점점 작아지고 있었다.

90년대 예능프로그램을 보면 서로를 막 대하기도 하고, 구박하기도 한다. 적응하지 못하는 누군가는 치고 들어가서 말을 해야 하는 타이밍을 잡지 못하고 버럭 하는 이들의 눈치만 보며 주눅 들어 있는 모습도 보인다. 그 당시에는 별생각 없이 재밌게 보았을지 모르지만, 얼마 전 잠깐 다시 본 그 모습은 굉장히 불편했다. 최근의 예능프로그램과 대비되어 찝찝함이 더 솟아났다.

최근의 예능 프로그램에서 구박받는 이는 주눅 들지 않는다. 예능 프로그램 〈런닝맨〉에서는 연예인 이광수 씨가 매번 잔소리를 많이 듣고 구박도 많이 받는데, 주눅이 들기는커녕 애니메이션 〈톰과 제리〉처럼 합을 맞추어 들이대며 오히려 당당하게 밀고 나간다. 구박받는다고 해서 꼭 주눅 들거나 소심해질 필요는 없었던 것이다.

우리는 타인의 시선에 지나치게 의존적이다. 중심에 자기 자신이 있는 것이 아니라 의존적 대상이 자리 잡은 경우가 많다. 그러다 보니 내 의견을 확실하게 말하지 못한다. 내 생각이 무엇인지 모르는 경우도 많다.

'타인이 나를 어떻게 볼까? 나에 대해 어떻게 이야기할까? 어떻게 생각하고 있을까? 나는 좋은 사람일까, 나쁜 사람일까?' 그렇게 타인이 좋아할 모습으로 자신을 빚어 놓기도 한다. 과연 그것이 온전한 나라고 할 수 있을까?

내 인생에서 주인공은 '나'이다. 물론 나도 다른 사람들 입장에서는 조연일 뿐이지만, 어쨌든 내 삶에서는 내가 주인이라는 것이 중요한 것 아닐까. 남에게까지 내가 주인공일 수는 없다. 자신이 중심에 없다고 힘들어할 필요도, 비교할 이유도 없다. 더욱이 스스로가 지켜야 할 내 자리를 다른 이에게 줄 필요는 없다. 내 자리는 내가 지키자. 생각보다 타인은 조연과 단역에는 관심이 없는 경우가 많다.

7. 눈치가 습관이 되었습니다

눈치를 보고 싶어서 보는 사람이 과연 있을까? 눈치 보는 것을 언제부터 했었는지, 내가 왜 눈치를 보고 있는지……. 그것을 알고 있는 사람은 몇이나 될까?

나는 나의 눈치에 대해 잘 알지 못했다. 많은 사람으로부터 내가 눈치를 본다는 것을 들었고, 여러 번 듣다 보니 내가 정말 상대방의 눈치를 살피고 있다는 것을 알게 되었다. 눈치를 보기 시작한 게 언제부터인지, 어떻게, 왜 보게 되었는지에 대해 궁금하지는 않았다. 굳이 생각해보려고도 하지 않았다. 그러다 글을 쓰고, 책을 쓰면서 나라는 사람을 구성하는 데 눈치가 매우 크게 차지한다는 것을 깨달았다. 그 이유는 눈치가 이미 나와 한 몸이 되었기 때문이었다.

나는 모두를 살폈다. 나의 눈치에서 자유로운 존재는 없었다. 초등학생 때였던 것으로 기억한다. 가끔 어디 갈 때 같이 가자고 하던 이모가 하루는 시장에 가자고 했다. 그날은 가고 싶지 않았다. 소심하고 의욕이 없던 나는 가지 않으면 안 되냐고 말했다. 그러고 나서 또 눈치를 살폈다. 머뭇거리는 나를 두고, 이모는 혼자서 시장으로 향했다. 나는 떠난 이모의 자리를 벗어나지 못한 채 한참을 멍하니 있었다. 나에게 왜 안 가느냐고, 억지로 함께 가자고 한 것도 아니었다. 내 기억으로는 이모가 돌아온 뒤에도 별 이야기를 하지는 않았다. 나는 지레 눈치를 보며 미안해했다. '이렇게 마음이 불편할 줄 알았다면, 이렇게 눈치를 살펴야 할 줄 알았다면 차라리 따라갈걸…….' 사소해 보일 법한 일이 나에게는 지금까지 생각이 날 정도로 깊이 새겨져 버렸다.

나는 못 먹는 음식이 없다. 친척 집에서 살 때 음식을 어떻게 먹어야 한다고 혼났는지 별로 기억나지 않는다. 사촌 중 누군가가 다 먹으라고 이야기한 것 같다. 그때부터 나는 밥 먹을 때 굉장히 신경을 쓰면서 먹게 되었다. 비록 다 먹는 것이 버겁고 압박이 되기도 했지만, 지금은 무엇이든 잘 먹게 되었다.

지금 생각해 보면, 별거 아닐 수도 있다. 안 먹는 아이를 생각해서 잘 먹으라고 했을 법도 하다. 아마 어른들도 나를 챙겨서 잘 먹어야 한다고 다독여주기도 했을 것이다. 어쨌든 안타깝게도 그것은 눈치 보며 먹는 눈칫밥이 되어 버렸다.

막내로 태어난 탓에 사촌들은 모두 나보다 최소 6살 이상 많았다. 그런 사촌들 사이에 끼기에는 내가 너무 어렸다. 사촌들이 골목에서 이런저런 놀이를 하면 나도 같이하고 싶었다. 서성거렸지만, 사촌들이 나를 신경 쓰기에는 노는 게 너무 즐거웠을 것이다. 슬며시 끼어 놀거나 같이 놀자고 했어도 됐을 텐데, 그러지 못했다. 벽에 기대어 부러운 눈으로 바라만 봤다. 어렸던 나는 말도 못 하고 '나를 언제쯤 끼워주려나…….' 눈치만 살필 뿐이었다. 물론 나이가 좀 들어서는 사촌들과 함께 잘 놀았다.

나에게 누가 눈치를 보라고 한 사람이 있었던가? 나에게 눈치를 준 사람은 없었다. 물론 있었을 수도 있겠지만, 직접 대놓고 말한 사람은 없었다. 누가 뭐라고 하지도 않았는데, 눈치를 보고 있었다. 이미 눈치가 습관이 되고, 생활이 되었다.

예전에는 내가 눈치를 보는 것이, 눈치 보는 상황에 놓인다는 것이 싫고 두려웠다. 마치 옥죄여 오는 느낌이라고 해야 할까? 지나고 보니 내 눈치 습관은 꽤 쓸 만했다. 눈치를 통해 후회를 남기지 않는 선택을 하려고 노력하게 되었다. 무엇이든 맛있게 먹는 좋은 식습관을 형성하게 되었다. 하고 싶은 말이나 해야 할 말은 잘 할 줄 알게 되었다. 때때로 상황 대처를 잘하는 사람이 되었다. 나열하고 보니 내 눈치 습관이 조금 고마워지기도 하는 것 같다. 나는 내 눈치 습관을 조금 좋아해 보기로 했다.

8. 좋은 사람 콤플렉스

당신은 누군가에게 있어 소중한 사람인가? '소중한 사람'이라고 생각하면 바로 떠오르는 사람이 있는가? 그 사람도 당신과 같은 마음일까?

내가 자라 온 환경은 결코 평범한 가정은 아니었다. 앞서 이야기해온 것처럼 친척 집에서 살아야 했고 나의 존재 이유가 의아했다. 그렇다고 우리 집이 굉장한 콩가루 집안은 아니었다. 분명 나를 사랑하고 아끼는 마음이 가득했다. 다만 나의 미세한 감정까지 신경 쓸 만큼 여유가 없었기에 나는 내가 소중한 사람인 줄 몰랐다.

그러다 보니 나는 누군가에게 환영받고 사랑받고 싶은 마음이 커졌다. 그것을 위해 더 눈치를 보게 되었다. 좋은 사람이 되어 모두가 반길 만한 사람이 되고 싶었다. 그것이 나에게는 '좋은 사람 콤플렉스'로 작용했던 것 같다.

대학 시절 한 친구의 뒷담화를 알게 되었을 때도 그랬다. 그 친구는 갓 스무 살이 된 이후부터 몇몇 친구와 함께 자주 어울리며 서로의 집에서 잠도 자던 사이였다. 그랬던 친구가 내가 자리를 비운 사이, 나의 뒷담화를 했다는 사실을 전해 들었다.

그저 사람이 좋을 시기의 나였기에 재고 따질 새 없이 친구들에게 온 마음을 주었고, 주었던 것 이상으로 마음의 상처가 컸다. 하지만 문제를 일으키고 싶지는 않았다. 모른 척하고 좋은 사람인 양 있으면 그 친구도 나를 좋아하겠다고 생각했다. 그렇게 노력하며 한참을 지냈다.

친구 옆에서 버티다 어느 순간 고개를 들어 정신을 차리고 보니 그 친구의 이간질로 인해 나는 친구들 사이에서 이상한 사람이 되어 있었다. 때때로 도저히 들어줄 수 없는 부탁을 하고선 난감해하는 나를 비난하기도 했다.

좋은 친구를 자처하며 애써 친구의 곁을 지켰다. 오랜 시간을 함께하고 싶었던 친구는 매 순간 나를 시험에 들게 하며 결국 이별에 이르렀다. 내가 별말 하지 않고 가만히 있으니 만만

하게 보였던 것일까? 아니면 단지 그 친구와 나의 마음이 달랐던 탓이었을까? 또는 풀지 못한 오해라도 있었던 것일까?

내게는 큰 상처가 되었지만 스스로 그 친구를 정리하며 나를 소중히 하지 않는 이를 위해 좋은 사람이 될 필요가 없다는 것을 깨달았다. 나를 가벼이 여기는 이를 빠르게 정리하는 것이 나를 소중히 여기는 일이라는 것도 알 수 있었다.

당신은 어떤가. 평범한 가정에서 사랑받고 태어나 소중한 사람으로 살아가고 있는 것 같은가? 보통은 아니라고 생각할 것이다. 혹은 잘 모르겠다고 생각할 수도 있고, 아닐 수도 있다.

때때로 소중한 사람임을 느끼고 싶어서 환승 연애를 해야만 하는 사람인가? 정곡을 찔렀다고 생각하는 사람도 있을 것이다. 굳이 그러지 않았으면 한다. 일찍이 남에게만 기대어서는 스스로가 소중해질 수 없음을 깨달은 나는 '남자 기피증', '남자 혐오증' 소리를 들으면서도 남자 소개 종용을 거부해왔다. 시간이 지나고 보니 나의 선택에 십분 만족하며 칭찬해 주기도 했다.

'누군가가 당신을 소중히 생각해 주었으면…….' 기대할 수 있다. 누구든 그렇게 생각할 수 있다. 내가 소중한 사람인지에 대한 물음은 남을 통해서가 아닌 나로부터 시작되어야 한다. 아침에 눈을 뜨면 '오늘 하루도 잘 부탁해.' 자기 전에는 '오늘 하루도 수고했어. 고마워.'라고 나 스스로 격려를 보내고 토닥여보자. 그렇게 하면 나는 하루만치 더 소중해질 것이다. 도저히 믿어지지 않는가. 그렇더라도 내가 소중해지고 싶다면 일단 시험해 보기를 바란다.

PART 2

휘둘리고, 상처받지 않고 살 수는 없을까?

1. 누구든 결정 장애가 있다

당신은 자신이 '결정 장애'라고 생각하는가? 혹은 '결정 장애'라는 말을 들어본 적이 있는가? 이 질문에 아무렇지 않게 바로 대답하는 사람이 몇이나 될까? '선택 장애'와도 같은 이 단어는 왠지 내가 문제가 있는 사람인 것처럼 느껴져서 기분이 상하기도 한다. 예전에는 '우유부단하다.'는 말로도 충분했던 것 같은데, 어느 순간부터 '결정 장애'라는 말이 유행하게 된 이유는 무엇일까.

대학 시절 나는 결정 장애가 심했다. 태어나 처음 수강 신청을 할 때의 일이다. 그때는 오리엔테이션을 가면 다들 모여서 같이 했었다. 나는 급한 일이 있어 오리엔테이션에 가지 못했다. 나를 대신해서 한 선배가 수강 신청을 해 주었다. 지금 생각해 보면 대신 수강 신청을 하는 것이 가능한 건지 의아하지만 그때는 그렇게 했었다.

알 수 없는 안도감이 들었다. 필수 전공은 그냥 들으면 그만이지만 수많은 교양 과목 중에 선택해야 하는 것이 두려웠다. '내가 선택한 수업이 이상하면 어떻게 하지? 내가 아는 사람 중에 같이 듣는 사람이 아무도 없으면 어떻게 하지? 나는 혼자서 들어야 하는 건가? 내가 이해하지 못하는 내용이면 어떻게 해야 하지?' 겁이 나는 것은 한둘이 아니었다. 그런 생각이 가득 차 꼬리에 꼬리를 물고 있었는데 그런 나를 대신해 다른 사람이 해준다니, 나에게 이보다 좋은 선택지는 없었다. 그렇게 나의 첫 수강 신청을 남의 손에 맡겼다.

대학 입학 후 선후배들과 함께 술을 마시러 가면 아무도 나에게는 무엇을 먹을 건지 묻지 않았다. 내가 뭐든 잘 먹는다는 것이 이유이기도 했지만, 나에게 물어봤자 끝내 돌아오지 않는 답을 기다리느라 시간을 흘려보내야 했기 때문에 어느 순간부터 묻지 않게 된 것이었다.

대학에 들어가 생활하면서 많은 사람이 남에게 참견하기 좋아한다는 것을 알게 되었다. 친했던 친구와 크게 싸운 일이 있었다. 다행히 잘 풀고 나서 그 친구와 함께 여럿이서 밥을 먹게 되었다.

그때 한 선배가 나에게 말했다.

"네가 잘못했던데, 좀 잘해라."

나는 그 친구와 싸운 이야기를 누구에게도 한 적이 없었는데, 왜 나의 잘못이 되어있는 것인지 의아했다. 친구와 나만 알고 있던 다툼의 진실은 친구의 오해에서 시작되었고, 친구의 사과를 받고 이미 화해까지 마쳤다. 소통의 부재가 싸움을 키웠던 것 같다며, 잘 지내보자고 마무리된 일이 어째서 나의 잘못이 되어 있는 걸까? 모두가 있는 자리에서 한 선배의 이야기는 그대로 진실이 되었고, 나는 자연히 나의 잘못이라고 생각하게 되었다. 친구와 다시 그때의 이야기를 나누었지만, 나에게 사과하며 화해했던 그 친구조차 말을 바꾸었다. 결국 오해와 소통의 부재로 싸웠던 일은 그저 나의 잘못으로 일어난 하나의 해프닝이 되어 버렸다. 그때 나는 왜 친구에게 사과를 받아놓고도 선배가 하는 말에 덥석 나의 잘못이라고 결론 내려버렸을까? 내 마음이 나를 단단하게 받쳐주지 못했기 때문은 아니었을까?

결정 장애라고 문제가 되는 것은 아니다. 남의 이야기를 듣는 것이 무조건 잘못은 아니지 않은가. 참고하면 좋을 이야기도 있다. 매일 순간순간이 선택이고 그 선택으로 나의 방향은 결정된다. 따라서 선택하는 것 자체가 무서울 수 있다. 하지만 모든 사람이 타인을 위해 진심의 말을 해주지는 않는다. 자신의 이해관계에 따라 그들이 하는 그릇된 말과 행동이 나의 인생을 좌지우지할 수 있다는 뜻이다.

문제는 내 인생을 결정할 선택지를 판단해야 할 때이다. 그럴 때 남의 이야기만 듣고 움직였다가 평생을 남의 탓만 하며 살아가야 할지도 모른다. 단순히 남의 의견만 좇는 것이 아니라 여러 이야기를 참고하여 오롯이 스스로 가장 좋은 결정을 해야 한다. 그런 좋은 결정은 한순간에 되지는 않는다. 어떤 말을 참고하고 어떤 말을 버려야 하는 걸까? 많은 이야기의 정보 속에서 나는 어떤 생각을 가지고 판단을 내려가야 하는 걸까? 그것을 위해서는 꾸준히 연습하고 힘을 길러야 한다. 나에게 있어 누구보다 좋은 판단을 내릴 수 있는 사람은 바로 자기 자신이라는 것을 염두에 두고 말이다.

지금 당장 연습을 시작해야 한다. 연습은 어떻게 해야 할까? 일단 오늘은 어떤 메뉴를 먹을지, 어디를 놀러 갈지, 무엇을 할지에 대한 선택부터 시작해 보자. 어차피 내가 어제 무엇을 먹었는지 기억도 잘 안 나지 않은가? 다른 사람의 선택지와 선택의 이유를 들어 보는 것도 좋다. 그렇게 하면서 선택의 단계와 폭을 넓혀 가면 스스로 선택하는 기준점이 생길 것이다.

사람은 정보량이 지나치게 대량으로 밀려오면 당황하고, 자기가 필요한 정보를 찾기에 힘들어질 수밖에 없다. 나만 어려운 것이 아니라는 것을 명심하자. 모두가 경험해야 하는 일이고, 누구든 때때로 결정 장애를 겪는다. 충분히 고민하고 결정해서 확신 있게 밀고 나가자.

2. 나는 절친이라고 믿었는데, 사실은 아니었다니

'친구'란 무엇일까? 네이버 사전에 보면 '가깝게 오래 사귄 사람, 나이가 비슷하거나 아래인 사람을 낮추거나 친근하게 이르는 말'이라고 되어 있다. 자신이 3040 세대라면 곧바로 영화 〈친구〉가 생각날 것이다. 그리고 네 명의 친구가 즐겁게 뛰어가는 장면이 함께 떠오를 것이다. 그 모습이 어찌나 천진난만하고 행복해 보이는지, 괜스레 부럽기까지 하다. 이처럼 사전이나 영화를 보면 '친구'는 세상 전부인 것처럼 좋아 보인다. 특히 어릴 때는 더더욱.

어린 시절, 나에게는 그 '친구'라는 것이 마냥 좋지만은 않았다. 친척 집에서 살았던 나는 소심하고 눈치 보는 아이였다. 노는 것에 그다지 관심이 없었던 것 같기도 하다. 그러다 보니 초등학생의 나는 친한 친구가 없었다. 정말 친해서 우정 열쇠고리도 나눈 친구가 있긴 했지만, 전학을 가고 흩어지다 보니 자연스레 없어졌다. 누가 나를 때리거나 괴롭혔던 건 아니었다. 그냥 나는 그곳에 없는 사람이 된 것 같았다. 누구도 나와 놀지 않았다. 외로웠지만 어쩔 수 없었다. 눈물 흘린 적도 있었지만 괜찮았다. 아니, 괜찮지 않았다. 다만 끊임없이 나에게 최면을 걸었다. '내가 바보 같아서 아무도 나랑 놀지 않는 걸까? 난 혼자라도 괜찮아.'라고.

그러다 중학교에 들어갔다. 친한 친구 두 명이 생겼다. 그때는 한창 우정 일기가 유행할 때라 셋이서 우정 일기를 돌려가며 썼다. 날아갈 듯이 좋았다. 세상 전부인 것 같은 기분을 느꼈다. 수업 시간에 몰래 쪽지도 나눴다. 짜릿했다. 그렇게 나에게도 절친한 친구가 생겼다. 어린 우리에게는 셋이란 숫자가 아무래도 불안정했던 탓일까. 바닥을 탄탄히 지키고 서는 삼각형인 줄 알았던 우리는 한순간에 역삼각형이 되어버렸다.

지금은 기억도 잘 나지 않는 일로 두 친구 사이에 오해의 싹이 텄다. 그 사이에서 나는 '우리'를 지키고자 동분서주하게 되었다. 물론 나는 내가 중립자로서 오해를 잘 풀고, 다시 '우리'로서 정삼각형을 만들 수 있을 줄 알았다. 정말 나는 믿어 의심치 않았다. 하지만 그때 나는 두 친구와 같은, 아직은 어린 학생일 뿐이었다. 나의 노력이 무색하게도 나로서는 최악의 시나리오가 진행되었다. 두 친구가 '우리'로 되기 위해 쏜 화살이 나에게로 향하고 있었다. 당시의 나는 괴롭고 힘들어 그대로 포기할까도 했지만, 인연을 놓치고 싶지 않아 울기만 했다. 눈치가 보여 주눅 들어 있으면서도 어떻게든 이야기를 나눠보려 했다. 하지만 그들에게 나의 역할은 이미 끝이 난 후였다. '왜 나만 이렇게 된 걸까? 나는 우리 셋이 평생을 함께할 친구가 될 줄 알았는데…….' 아무리 발버둥 쳐도 더는 버틸 수 없었다. 그렇게 나는 절친과 첫 이별을 하였다.

두 번째 이별은 고등학교 때였다. 나까지 6명의 친구가 모였다. 야간 자율학습 쉬는 시간에 운동장 귀퉁이에서 생일 파티도 하고, 과자 박스 선물과 롤링 페이퍼 선물도 나누던 사이였다. 이별한 지 한참이지만 잊을 수 없는 따뜻한 시간이었다. 그 시간 속의 나는 어째서 그렇게도 몸이 약했던지……. 빈혈이 심해 헌혈도 하지 못하고 어쩌다 쓰러진 적도 몇 번 있었다. 거기에서 이별의 그림자가 드리워졌다. 가련한 주인공의 느낌은 절대 아니다.

단지 그 당시에는 단체 처벌이라고 하여 한 명만 시끄럽게 해도 단체로 '의자 들기'를 시키곤 하던 때였다. 안타깝게도 야간 자율학습 시간에 그 처벌을 시켰던 담임선생님은 복도에 앉아 꾸벅꾸벅 졸기 시작했고, 우리는 오랜 시간 의자를 들고 서 있어야 했다. 나도 열심히 의자를 들고 서 있었다. 나의 기억은 거기까지다.

눈을 떴을 땐 내가 생활하는 기숙사 방에 있었다. 친구들 중 한 명이 나에게 말했다.

"네가 순간 기울어지더니 의식을 잃고 쓰러지더라. 어떻게 될까 봐 업고 울면서 정신없이 뛰어왔다."

이후 나는 넘어지면서 머리를 박은 것인지, 어디가 안 좋아진 것인지……. 머리가 아픈 시간이 이어졌다. 여러 검사를 하느라 병가를 오래도록 내고 학교에 나왔을 때는 나를 보는 시선이 무서웠다. 어째서인지 내가 죄인이 된 것만 같았다. 몸에 힘이 들어가지 않았다. 나의 몸 상태는 많은 것을 제한시켰기에 그 친구들은 나를 최대한 배려하며 함께했다. 곁에 있어줘서 고마웠다. 하지만 그 나이 또래의 우정이 그렇듯, 오래가지는 않았다.

그들은 자연스레 나를 신경 쓰지 않고 마음껏 편하게 놀고 싶어 했다. 당시엔 원망스러웠다. 슬펐고 마음이 찢어질 듯 아팠다. 친구들과 계속 함께하고 싶어 모른 척 붙어있었지만, 내가 피해를 끼치는 것 같았다. 눈치가 보여 눈을 마주치지 못했다. 그렇게 나는 혼자가 되었다. 나를 업고 뛴 친구와는 꽤 오랜 시간 연락을 나누었지만, 지금은 그 친구와도 연락이 끊겨 버렸다. 많은 이별 중에 아쉬움이 가장 많이 남고, 그리운 이별이다.

초등학생 때로 돌아간다면, '외롭지 않게 혼자 잘 놀 수 있었을 텐데…….' 하는 아쉬움이 있었다. 중학생 때로 돌아간다면, '센스 있게 이야기 나눠볼걸…….' 싶기도 했다. 고등학생 때로 돌아간다면, '주눅 들지 말고 그냥 당당하게, 뻔뻔하게 그냥 계속 같이 놀아 볼걸…….' 하는 생각도 들었다.

좋지 않은 상황에 부닥쳤을 때 보통은 그 원인을 자신으로 두는 것이 가장 빠르고 쉽다. 자책을 반복하고, '이때 내가 이럴걸…….' '아, 왜 그렇게 했지?' '내가 다 망쳤어!' '나 때문에 그 친구가 떠나갔어.' 그런 생각에 사로잡혀 울고만 있거나 주눅이 든다. 그럴 때일수록 돌이켜 생각해 보라. 분명 당시의 내가 할 수 있는 최선의 선택을 했을 것이고, 죽을 만큼 노력했을 것이다. 아마 다시 돌아간다고 해도 '그 정도는 못 하겠다.' 싶을 만큼 했을 수도 있다. 그렇게까지 했는데 왜 또 '내가 더 해 볼걸…….' 하고 생각하고 있었을까? 왜 나조차도 상처의 화살을 자신에게로 돌리고 있는 것일까? 왜 자책하며 힘든 나를 더 괴롭힐 수밖에 없는 것일까? 왜 나를 괴롭히는 일에 나의 소중한 시간을 쏟아붓고 있는 것일까?

그때는 그게 세상 전부였기 때문이다. 작은 생각에 사로잡혀 그것밖에 보이지 않았기 때문이었던 것 같다. 그래도 더 이상 그렇게 하지 말자. 나의 잘못이 아니다. 내가 어떻게 했든 그들은 아마 나의 손을 놓았을 것이다. 내 손을 뿌리친 그들은 이미 나의 진정한 친구가 아니다. 진짜 내 사람이 아니다. 굳이 전전긍긍하며 붙잡은 인연을 부여잡고 그것이 이어지지 않는다고 슬퍼하거나 두려워할 필요 없다. 그 생각에 사로잡혀 나를 망가뜨리지는 말자. 진정한 나의 사람은 내 마음을 알고, 내 노력에 귀 기울여주고, 끝까지 남아 있다. 과거 나의 절친들은 떠났지만, 지금 나의 곁에는 나만의 사람들이 있다. 그것을 잊지 말고 고마움을 새기자. 더 이상 떠난 사람에 집중하며 나를 괴롭히지 말고, 내 곁의 인연을 소중히 지켜 가자.

3. 배려한 당신의 잘못이 아니다

'배려'라는 말은 '도와주거나 보살펴 주려고 마음을 씀.'이라고 풀이된다. '마음을 써야 도와주거나 보살펴줄 수 있다.'는 의미일 것이다. 그렇다면 배려를 하는 사람은 마음을 내어 상대를 배려하는 것이고, 배려를 받는 사람은 그 마음을 소비하는 사람이기도 할 것이다.

대학교 시절 나는 고삐 풀린 망아지처럼 사람이 좋아 날뛰었다. '동기사랑 나라사랑'을 같이 외치고 다니던 동기들이 좋았고, 무조건 끝까지 함께하고 싶은 마음이었다. 동기들이 내가 필요하다면 무조건 달려갔고, 마지막까지 챙겨냈다.

동기들이 모두 같은 마음이었기 때문일까? 우리 학번은 인사 잘 하고, 동기들끼리 잘 뭉치는 마지막 학번이라고 선배들 입에 오르내릴 정도로 사이가 좋았다. 자연스레 선배들은 우리에게 술을 많이 사줬고, 모두 완전히 취한 후에야 벗어날 수 있었다.

그중에서도 나는 워낙 술을 못 마셨던 탓에 빨리 취했다. 취하고 나서는 계속 물을 마시며 모두가 취할 때까지 버텨서 '내 친구들을 내가 지켜 내겠다.'는 이상한 심리가 있었다. 그래서 집에 모두 들여보내고 나서야 마음과 함께 기억을 놓은 때가 종종 있었다.

그때도 그런 날 중 하루였다. 달랐던 것은 너무나 추운 날이었다는 것. 여느 날과 다름없이 나는 일찌감치 취했고, 물을 마시며 '어떻게 하면 내 친구들을 잘 지키고 데려다줄까?'를 생각했다. 자리가 파하고 친구를 챙겨서 일어났고 빠르게 움직였다. 그런데 예상치 못한 일이 생겼다. 친구가 집에 들어가지 않겠다고 버티기 시작한 것이다. 몸이 떨릴 정도로 추웠고, 나는 컨디션이 좋지 않았다. 한참을 실랑이하다가 귀가하는 남자 동기의 도움을 받았고, 다행히 친구는 집으로 무사히 들어갔다.

다음 날 나는 앓아누웠다. 학교도 가지 못했다. 그 친구에게는 고맙다는 한마디조차 듣지 못했다. 내가 챙기는 것을 당연하게 생각한 것일까? 내가 마음을 쓴 것이 별거 아니라고 생각했던 것일까? 그런 생각 끝에 몸이 아프면서 마음도 약해졌던 탓일까? 연락조차 없는 친구에게 서운해지기 시작했다. 그러면서 친구는 내가 아니라도 안전하게 집에 잘 갔을 텐데, 무리하게 오지랖을 부려왔다는 것을 깨달았다. 그렇게 내 몸이 상하고 힘겹게 마음을 내면서까지 내가 아닌 친구를 지켜낼 필요는 없었다. 그걸 너무 늦게 깨달았다. 마음이 쓰렸다.

대학교에서의 조별 과제는 정말 힘들다. 과제 자체가 힘들다기보다 조원들과의 파트 분담과 준비 과정이 극도의 스트레스를 준다. 내가 조장이었던 것인지는 정확하게 기억이 나지 않는다. 내가 내용 취합을 해서 정리해야 하는 담당이었던 것은 확실하다. 정리를 마무리해야 하는 데드라인이 되었는데도 자료가 도착하지 않았다.

단체 채팅창을 통해 이야기했더니 한 조원에게서 전화가 왔다.

"내가 지금 급한 일이 있어서 조금밖에 못 했는데, 일단 보냈어. 그걸로 잘 만들어봐~."

"네. 고생하셨어요. 감사합니다."

'급한 일이 있으면서도 최대한으로 해서 보냈구나.' 싶은 생각에 고마운 마음이 들었다. 통화를 끊고 자료를 열어보기 전까지는 그랬다. 파일을 열고 내가 마주한 것은 말도 안 되는 짜깁기였다. 자료는 몇 줄 되지 않았고, 심지어 출처도 제대로 적혀 있지 않았다. 제대로 읽고 보낸 것이라고는 생각할 수조차 없는, 한마디로 '쓸 수 없는 자료' 아니, '쓸 것 없는 자료'였다.

급한 일이 있다고 한 이후로 연락도 되지 않아 결국은 내가 직접 찾아보기로 했다. 날을 새며 자료를 찾아보고 정리해야 했다. 나중에 전해 들어 보니 급한 일은 있지도 않았고, 자료 조사도 하기 싫어서 대충 잠깐 찾아 복사해 보낸 것이었다. 그러면서 나에게 잘난 체는 있는 대로 했다. 어이가 없었다. '도대체 내가 뭘 한 거야?' 바보가 된 기분이었다.

마음을 내어 배려한 사람은 잘못이 없다. 배려 받는 방법을 잘 못 배운 사람들이 잘못이다. 그것은 100퍼센트 명확하다. 다만 그런 사람들에게 나의 마음을 갈아 넣으며 배려까지 한 것은 내가 부족해서이다. 자신이 받는 마음이 어떤 건지, 배려가 무엇인지도 모르는 사람에게 그 정도까지의 배려는 과했고, 아까운 일이었다. 내가 그 정도로 손해를 봐야 하는 일이었다면, 조금 더 일찍 조금 더 크게 목소리를 냈어야 했다. 그 부분이 참 안타깝다. 하지만 명심해야 한다. 안타깝고 부족했지만, 절대로 마음을 내어 배려한 내 잘못은 아니라는 것을.

7615
605

4. 현명한 거절

장기하와 얼굴들의 노래 중에 〈거절할 거야〉라는 곡이 있다. 이 노래를 듣는 순간 이 노래는 'NO!'라고 말하고 싶어도 하지 못하고 'YES …….'라고 할 수밖에 없는 사람들을 위한 노래임을 직감했다.

"오랫동안 기다려 왔다네. 지쳐 버렸나 봐. 지나치게 걱정을 했었나 봐. 나쁜 사람 될까 두려웠었나 봐. 착한 사람 아니라고 하더라도 거절할 거야. 내가 내키질 않으면 거절할 거야."

거절하지 못하고 휘둘리는 사람들의 마음이 고스란히 담겨 있다. 굉장한 노래다.

방학이 되면 돌아가 지낼 곳이 있는 친구들과 달리 나는 집으로 가서 생활하는 것이 어려웠다. 자연스럽게 기숙사가 아닌 자취방을 얻어 생활하게 되었다. 기숙사에 사는 친구들은 점호에 맞춰 들어가기 바빴고, 부모님과 함께 사는 친구들은 귀가하기 바빴다. 선배들에게 나는 불러내기 좋은 후배가 되었고, 자취방은 동기들이 모이기 편한 아지트가 되었다.

선배들의 부름에 '저 오늘은 해야 할 일이 있어서 못 나가요!'라는 말은 하지 못했다. 친구들의 방문에 '내가 일이 있어서 밖에서 먹고 헤어지자!'라고 당당하게 말하지 못했다. 그러다 보니 나는 내가 해야 할 일을 제대로 하지 못하게 되었고, 자취방은 난장판이 되었다. 잠깐만 쉬다 간다던 친구는 토해놓고 치우지도 않고 가 버렸고, 사과 한 번 받지 못한 채로 덩그러니 나만 남았다. 어째서 나는 말 한마디 제대로 하지 못하고 고스란히 피해를 혼자서 다 떠안았을까?

책의 필기 정리를 잘하는 편이었던 나는 어느 날 같이 수업을 듣는 한 선배로부터 책 정리가 잘되어 있다고 칭찬을 받았다. 누구에게 칭찬받으려고 한 건 아니었지만, 기분은 좋았다. 시험을 앞둔 어느 날 선배가 책을 빌려달라고 했다. 시험 기간이 얼마 남지 않은 상황이었다. 말하기 어려웠지만, 나도 시험은 쳐야 하니 용기를 내어 말했다.

"저도 공부해야 해서요."

금방 보고 줄 테니 조금만 빌려달라고 했다. 거절할 용기를 한번에 몰아 썼기 때문에 더 이상 거절하지 못했다. 내 책은 선배의 손에 들려 있었다. 시험 과목이 그것만 있는 것은 아니었지만 그 시험이 가장 임박해 있었고, 시험일이 다가오고 있었다. 마음이 조급해졌다. 선배에게 연락했지만 받지 않았다. 눈물이 날 것 같았다. 내가 노력해서 만든 내 책인데…….

운 좋게 복도에서 마주친 선배에게 "시험이 얼마 안 남았으니, 책 좀 빨리 달라."고 말했다. 나에게 돌아온 말은 "늦게 돌려주어 미안하다."는 아름다운 말이 아니었다. "그게 뭐라고, 얼마 보지도 못했다."는 비수였다. 나는 내가 정리한 책을 두고 공부할 수 있는 시간을 빼앗기고도 핀잔을 들었다. 그렇게 나도 모르는 새 호구가 되어 있었다.

휘둘리고 있었다는 것을 인지했을 당시에는 내가 거절하지 못하고 휘둘리게 되는 상황 자체에만 신경을 썼다. 무수히 이용당하고 수없이 휘둘리고 나서야 '상황만 생각하느라 그 뒤에 따라오는 나의 상처를 보듬지 못했다.'는 것을 깨달았다. 휘둘리면서 함께 생긴 상처를 제대로 치유하지 못하면 결국 상처가 내 뒤통수를 치고 말 것이다. 일단 휘둘리고 이용당했다면 나의 상처를 바라보고 보듬어 주는 것이 첫 번째로 할 일이다.

그다음으로 해야 할 일이 '어떻게 하면 휘둘리지 않을까?'를 고민하는 것이다. 다시금 〈거절할 거야〉 노래 가사로 돌아가 보면, "이런저런 얘기를 해도, 네 얼굴이 어두워져도 내가 내키질 않으면 거절하겠다."는 내용이 반복된다. 거절이 어려운 사람에게는 다짐처럼 느껴지기도 한다.

모든 사람에게 착한 사람이 될 필요도 없고, 될 수도 없다. 남이 부탁한 것을 꾸역꾸역 해내느라 자신의 것을 챙기지 못하는 처절한 일이 계속 반복되게 할 수는 없다. 그렇다고 나쁜 사람이 되라는 말은 아니다.

나쁜 사람이 되지 않으면서도 휘둘리지 않는 가장 중요한 것은 '단호함'이라고 생각한다. 나쁜 사람이 되고 싶지 않아서, 혹은 미안해서 질질 끌고 오다가 거절하거나, 제대로 해내지 못하는 것은 상대방 입장에서 희망 고문이나 마찬가지다. 나쁜 사람이 되기 싫다면 차라리 단호해져라. 그리고 '급할 텐데 도와주지 못해 미안하다.'는 말도 덧붙이자. 당사자가 직접 하기 싫어서인지 혹은 내가 정말 필요해서인지 알 수는 없지만, 그 말을 함으로써 상대의 마음을 조금은 달랠 수 있을 것이다. 그렇게 되면 우리의 미안함도 조금은 덜 수 있지 않을까? 무엇보다 더 이상 나 자신에게 미안하지 않아도 된다.

5. 너에게는 별거 아닌 일 vs 나에게는 대못 같은 상처

드라마 〈악의 마음을 읽는 자들〉의 실존 모델인 권일용 프로파일러는 한 범죄자와의 면담을 떠올리며 이렇게 이야기한다. "똑같은 경험을 하더라도 누군가에게는 별일 아닌 일이, 또 다른 누군가에게는 엄청난 트라우마이고 처벌임을요."

우리 집은 평범한 집이 아니었다. 아픈 사람이 있었고, 집은 경매로 넘어갔다. 고등학교에 갓 입학했을 때도 우리 집은 어려웠다. 내 방은 없었고, 학교도 멀었다. 나는 집이 아닌 기숙사에서 살기로 하고 세 명의 친구들과 함께 한 방을 썼다.

기숙사에 들어간 지 얼마 되지 않았을 때였다. 둘러앉아 서로의 이야기를 하며, 각자 얼마씩 모아 맛있는 것도 사 먹고 놀러도 가자고 했다. 나에게는 그것이 부담이었다. '나만 부담스러운 건 아닐 텐데, 다들 괜찮은 걸까?' 생각했다. 그런 생각을 하다가 아무렇지 않게 "그것까지는 다들 어렵지 않을까?"라고 말했더니, 오히려 친구들의 반응이 좋지 않았다. 나의 의도와는 달리 돈을 내기 싫어하는 친구가 된 것 같았다.

친구들과 각자의 장래 이야기를 나눌 때의 일이다.

"경제적인 부분도 고려해야 하니까 생각이 자꾸 많아진다. 최대한 돈을 아끼고 집에 보탬이 되고 싶다."

이런 나의 말에 친구들은 이해할 수 없다는 듯 "그걸 네가 왜 생각해?"라고 말했다. 한 번도 생각해 본 적 없는 질문에 충격을 금할 수 없었다. 친구들은 별생각 없이 한 말이겠지만, 그 말 자체가 나에게는 큰 상처가 되었다. 마치 내가 별나라에서 온 사람이 된 것만 같았다. 그때부터 나는 우리 집 경제 상황에 대한 이야기를 하지 않게 되었다.

친척이 휴대폰을 개통해야 하는데, 할 수 없는 상황이라며 나의 이름으로 개통을 부탁해왔다. "개통만 하는 것이고, 요금은 알아서 잘 낼게."라며 사정하는 모습에 개통을 해주었다. 생활이 바쁘고 정신없이 흘러가는 속에 내 이름으로 개통해 준 휴대폰이 있다는 것이 희미해져 갈 때쯤 일은 터졌다. 수업을 들으러 가는 길에 통신사 고객센터에서 전화가 왔다. 친척에게 내어준 휴대폰의 요금이 밀려있다는 안내였다. 요금도 너무 많고, 밀린 기간도 오래되어 기한 내에 갚지 않으면 자동으로 신용불량자가 된다는 이야기도 함께였다.

그때 나는 고작 스무 살이었다. '집안 사정이 어렵긴 해도 열심히 아르바이트도 하고 돈도 모았는데, 갑자기 내가 왜 신용불량자가 되어야 하는 것일까?' 정말 신용불량자가 되어 나의 인생이, 나의 꿈이 흔들릴까 봐 겁이 나고 무서웠다.

부모님께 상황을 전달하고 기다렸다. 분명 무언가 착오가 있으리라 생각했다. 돌아온 친척의 답변이 어이가 없어서 무슨 정신으로 수업을 들었는지도 모르겠다. 정확한 문장은 기억나지 않지만 "휴대폰 하나 개통 해 준 것 가지고 유세를 떨어? 갚으면 되지 그거 뭐 별거라고."라는 식의 이야기였다.

'나는 이제 고작 스무 살인데, 그런 내가 신용불량자가 된다는데……. 그렇게 되면 나는 앞으로 어떻게 될지도 모르는 일인데……. 어떻게 그렇게 이야기할 수 있을까? 필요할 때는 온갖 달콤한 말을 하더니, 지금은 독을 뿜어내고 있구나. 내가 왜 도와줬을까?' 하는 후회마저 들었다. 만약 자기 일, 자기 자식의 일이었어도 그렇게 말할 수 있었을까? 나를, 내 인생을 어떻게 생각하면 그렇게 당당하게 나올 수 있을까? 나는 그때의 일을 겪으며 다시는 나의 이름과 권리를 아무에게도 빌려주지 않게 되었다.

결혼 후 아이를 자연분만으로 출산하자마자 병실로 이동해 처음 느끼는 통증을 겪고 있을 때, 병실로 한 통의 전화가 왔다.

"아이가 부정맥이 있는데, 소아청소년과 과장님께서 일단 지켜보자고 하시네요."

그때부터 나의 온 신경은 통증이 아닌 아이와 전화기로 향했다. 다시 울린 전화.

"과장님이 면담하자고 하십니다."

심장이 쿵! 떨어졌다. 두근거리는 마음에 남편에게 나도 같이 가겠다고 했다. 제대로 눕지도 못하던 나는 아이에 대한 생각과 걱정으로 링거를 달고 남편에게 의지해 뒤뚱뒤뚱 담당 과장님 진료실로 향했다. 과장님에게 들은 말은 "부정맥이 잡힐 때도 있고, 괜찮을 때도 있다. 종합병원으로 옮겨달라면 그렇게 처리해 주겠다."였다. 괜찮은 건지, 심각해서 바로 옮겨야 하는 건지 몰랐던 우리는 한참 이런저런 질문을 했지만, 담당 선생님은 괜찮을 때도 있는데, 옮겨달라면 옮겨주겠다는 식으로 애매히 반응했다.

남편과 나는 일단 지켜보기로 하고 아이를 볼 수 있는지 물었고, 다행히도 아이를 만날 수 있었다. 심전도기를 달고 있는 아이를 보며, 터져 나오는 눈물을 참고 간호사 선생님의 이야기를 들었다. 작은 몸에 심전도기가 연결된 여러 줄을 달고 있던 우리 아이는 지금 다행히도 건강하게 잘 걸어 다니고 있다.

그때를 생각하면 심장이 아리다. 소아청소년과 과장님 입장에서는 만에 하나라도 심해질 경우를 생각해서 그렇게 말했을 수도 있을 것이다. 혹은 괜찮을 거지만 잘못되면 자기 잘못이 될 수 있기에 '전원 해달라면 지금이라도 해주겠다.'라고 해두고자 했을 것이다. 그때 했던 이야기들을 떠올려보면 '괜찮을 건데, 그래도 혹시 몰라 이야기해 둔다.'였을 수도 있다. 우리가 속뜻을 알아채고 과장님의 마음을 배려해 주기에는 출산한 지 얼마 안 되었더라도 우리는 아이 걱정이 가득한 부모였다. 첫아이를 출산한 지 5시간도 채 되지 않았던 우리에게 과장님의 이야기는 말 그대로 청천벽력이었다. 차라리 '지금 잘 지켜보고 있는데, 이런 상황이다. 심하지는 않고 주의 깊게 다들 지켜보고 있으니 혹여나 어떤 상황이 나와도 빠르게 진행하겠다. 만약 불안해서 전원을 해달라고 하면 바로 해주겠다.'라고 이야기해 주었다면 참 좋았을 것 같다. '의료진들이 자주 겪는 일이라 별거 아닌 것처럼 취급해버리는 것 같다.'는 내 느낌이 단순한 오해였기를 바란다.

2022년 9월 5일. 내가 사는 경상북도 포항의 맘 카페는 불안감에 휩싸였다. 11호 태풍 '힌남노'에 관심이 집중됐다. 누군가는 다른 곳으로 피난을 가 있어야 할지 고민해야 했다. 아이들 어린이집, 유치원, 학교 수업, 출근은 어떻게 되는지 방향이 정해지지 않았다. 태풍 대비 창문 고정은 어떻게 하면 좋을지 모두가 힘을 합쳐 고민하고 있었다. 덥지만 실외기가 베란다에 있어서 에어컨은 일찌감치 끄고 창문은 우유 팩을 끼워 꽁꽁 닫아 두었다. 포항은 도로가 여러 번 잠긴 적이 있어 태풍 소식에 걱정이 심해졌다. 어릴 때부터 천둥, 번개, 홍수 같은 것들을 무서워했던 나는 심장이 두근거렸다. '나만 걱정이 과한 건가?' 하는 생각도 했지만, 맘 카페에서는 모두가 같은 마음이었다. 태풍의 영향으로 단수가 될 수 있어서 화장실과 주방에 물을 최대한으로 받아두었다. 지진 이후 창틀이 뒤틀린 집들이 많아져 창문이 잠기지 않아 더 두려운 이들도 있었다. 관리실에서는 주차장이 물에 잠길 수 있으니 지대가 높은 곳에 주차하라고 여러 번 안내를 했다. 태풍의 위치를 실시간으로 검색하고 태풍이 약하게 지나갈 수 있도록 모두 마음을 모아 바랐다.

9월 6일. 어떤 집은 실외기가 베란다에 있어 창문을 언제쯤 닫는 게 좋을지를 고민했다. 잘 때 에어컨을 끄려다가 혹시나 괜찮은지 보러 간 0시 10분. 이미 실외기가 흙탕물로 흠뻑 젖었다. '힌남노'는 아직 통영 근처에도 오지 않았다. 0시 20분. 비바람 소리에 잠들지 못하는 이들이 많았다. 웃픈(웃긴데 슬픈) 이야기지만, 대부분의 남편들은 코를 골며 자고 있었고, 잠들지 못하는 이들은 포항 맘들이었다. 아이들도 무섭다며 못 자는 경우가 많았다. 태풍 대비 글을 보며 안 쓰는 전기코드를 뽑기 위해 바빠졌다. 미리 보조배터리를 충전하고, 손이 닿는 곳에 손전등을 챙겨두었다.

01시. 산사태 경보가 발령되었다. '힌남노'의 포항 상륙 예정 시간은 09시였는데, 이미 태풍이 온 것 같은 비바람이 휘몰아쳤다. 누군가의 집 안방 베란다에 걸린 공중 식물이 흔들렸다. 텔레비전이 켜지지 않았다. 휴대폰 통신사 안테나가 뜨지 않는 곳도 있었다. 혹시 몰라 마실 물을 끓여두고, 미리 밥솥에 밥을 했다. 나도 남편과 함께 한 번 더 집을 정비하고 겨우 잠이 들었다.

02시. 대송면 칠성천 범람 위기로 즉시 대피하라는 안전 문자가 왔다. 이제 겨우 제주를 지났을 뿐이라는데 비바람이 세찼다. 절대로 넘쳐서는 안 되는, 바짝 말라 있던 냉천교의 산책

라인이 물에 잠겼다. 물살이 거세졌다. 잠에서 깨는 사람들이 많아졌다. 비가 내리는 것이 아니라 쏟아지는 상황이 되었다. 주차장에 주차한 차를 걱정하는 이들도 많았다.

03시. 세찬 빗소리에 잠에서 깨어 창문을 열어보던 남편을 따라 창문 밖을 확인했다. 도로와 앞 동 주차장에 물이 차고 있었지만, 아직 완전히 잠기지는 않았다. 다행스럽게도 앞 동 주차장에는 차가 단 한 대도 없었다. 맘 카페에서 우리는 새벽과 아침에 출근하는 남편들 걱정에 잠을 이루지 못했다. 우리 남편은 아침 출근이었지만, 일단은 정시 출근이 예정되어 있었다. 아침 06시가 되어 출근 시간을 공지해 주겠다고 하여 다른 맘님들과 함께 걱정하고 있었다. 어떤 맘님은 이미 출근하는 남편의 뒷모습을 보며 조마조마해하고 있었다. 다행스럽게도 다들 무사히 출근했다고 하는데, 이런 상황에서 결근한 사람 한 명 없이 업무를 시작했다는 내용에 우리는 모두 씁쓸해했다. 어떤 집은 주방 뒷문의 문틈으로 물이 들어와 비상 상황이 되었다. 창문에 물이 차올라서 수건으로 닦고 짜내도 소용이 없었다. 물 차오르는 속도를 따라잡지 못했다. 물이 차고 물을 빼내는 작업이 반복되었다. 청림동이 침수 중이니 대피하라는 안내 문자가 왔다. 내가 어릴 때 살던 동네였고, 친척들이 사는 곳이었다. 새벽이지만 연락을 남겼다. 다행히 모두 괜찮다는 답변에 일단은 안심했다. 상황을 잘 지켜볼 것을 당부했다.

04시. 우리 집 앞 도로가 완전히 잠겨버렸다. 앞 동의 주차장도 잠겼다. 30분 전쯤만 해도 장애인 주차구역 마크가 보였는데 아예 안 보일 정도가 되었다. 나뭇가지가 부러진 것인지 주차장을 둥둥 떠다니고 있었다. '설마 나무가 부러진 건 아니겠지…….' 하고 생각했다. 새벽시간에도 맘 카페는 여전히 빠르게 돌아갔다. '포항은 8시가 고비라고 했는데…….' 하는 생각으로 모두가 두려움에 떨고 있었다. 공중파에서는 태풍의 직접 영향권도 아닌데도 불구하고 포항 CCTV를 속보로 방송하고 있었다. 자는 것을 포기하는 이들이 늘어났다. 인터넷 CCTV를 통해 포항의 상황을 빠르게 확인하고 있었다. 냉천교 다리가 곧 잠길 듯이 차올랐다. 불어난 하천과 도로 사이의 거리가 너무 가까워 보였다. 냉천 범람 위기로 대피하라는 안전문자가 왔다. 저지대 사람들은 알아서 대피하라는 안내 문자도 왔다. 태풍 속에서 아이들이 아픈 엄마들은 더욱 전전긍긍했다. 아침에 일어나 병원에 갈 수 있을지도 미지수였다. 우리는 모두가 무사한 밤이 되길 바라고 있었다.

05시. 양학 시장이 침수, 형산교 홍수 주의보 발령, 동해면 지바우천 범람 위기, 두호 시장 침수, 동해면 홍환천 범람으로 대피 문자가 연달아 울렸다. 전날 타 지역으로 이동하지 않은 것을 후회하는 이들이 나왔다. 태풍은 무섭지 않다고 한 사람들조차 비바람 소리에 소름이 돋고 너무 무섭다며 잠을 이루지 못했다. 위험하니 제발 모두 집에 있어야 한다며 절대로 나가지 말 것을 서로 당부했다. 승강기도 위험하다며 서로의 안전을 체크해 주었다. 덕분에 승강기에 갇힐 뻔한 위험을 피한 경우도 있었다. 비바람을 뚫고 출근하는 남편들이 많아졌다. 우리는 함께 속상해했다. '비바람을 뚫고 출근하는 K-직장인'과 관련된 옛날 사진을 본 적이 있는데, 우리가 그들이 될 줄은 몰랐다. 바람이 불어서 창문 틈에 끼워두었던 박스가 다 빠지고 있었다. 아직 본격적인 시작 전이라 빠른 채비가 필요했다. 아파트는 흔들리기 시작했고, 멀미가 나서 어지럽고 두통을 호소하는 이들이 많아졌다. 출산을 앞둔 한 엄마는 조명이 흔들리자 긴장해서 애가 나올 것 같다고도 했다. 침수 알림이 뜨는 곳이 점점 늘어났다.

06시. 형산교 홍수 경보 발령, 장성시장 침수, 두호 종합시장 침수로 인한 대피 안내 문자가 왔다. 괴물이 한 발짝씩 다가오는 기분을 느끼며 여전히 잠이 들지 못했다. 건물 1층에 물이 차올랐는데, 아직 시작 전이라는 사실이 우리를 더 두려움에 떨게 했다. 횡단보도 선이 보이지 않는 도로가 많아졌다. 집에도 물이 새는 곳이 더 많아졌다. 그리고 냉천교가 침수됐다.

이제는 이미 침수된 곳에 대한 대처를 이야기하기 시작했다.

07시. 연일읍 우복리, 대송면 제내리 침수 대피 문자가 울렸다. 드디어 태풍이 빠져나가고 있었다. 하지만 어떤 집의 천장에서는 물이 떨어지고 수도꼭지를 아무리 틀어도 물이 나오지 않았다.

08시. 대흥중학교 뒤편 산사태 발생. 비는 그치고 바람이 강하게 불었다.

휴식처였던 한 정자가 사라졌다. 인도가 유실되고 회사의 일부가 떠내려가기도 했다. 주변의 나무들과 가로등이 뽑히고 벤치들이 없어졌다. 침수된 차와 가게들은 셀 수가 없고 포항을 지키는 포스코조차도 물에 잠겼다. 집과 가게 등을 치울 엄두도 나지 않았다. 물이 공급되지 않았고 정전이 되었다. 혹여 단수가 풀리더라도 물 받을 새도 없이 또다시 단수. 전기 또한 마찬가지였다. 물이 나온다고 해도 온전히 쓸 수 있는 물이 아니었다. 검은 물, 흙탕물이 나왔고, 필터를 교체해도 필터는 금세 오염돼버렸다. 생수를 사다 써야 했고, 생활이 무너져 버렸다. 우리는 힘을 합쳤다. 여력이 되는 이들은 직접 가서 함께 정리했다. 생수와 먹거리, 물티슈 등을 사서 가져다 놓았다. 직접 갈 수 없는 경우에는 다른 이들의 도움을 받아 전달하기도 했다. 모두가 마음을 모았다. 밤새 모두의 무사를 바랐던 우리지만 밤사이 너무나 많은 것이 달려져 있었다. 우리의 삶이 흔들렸고 생계가 막막해졌다. 안타깝게도 실종자와 사망자도 있었다. 가족이거나 지인 또는 지인의 지인이었다. 슬퍼하고 있을 시간이 넉넉지도 않았다. 우리는 생존해야 했다. 복구하기 위해 우리는 또다시 사선으로 나가야 했다.

힘들어하고 슬퍼하는 우리를 두고 누군가는 책임만을 운운하고 있었다. 우리를 바라보지 않는 이들도 있었다. "예상보다 약했다."는 제목의 기사가 나왔다. "매미보다 약했고, 강수량도 적었다."라는 내용이었다. 댓글에는 "겁주던 것에 비하면 김빠진다. 역대 급이라고 떠들어댄 거치고는 너무 조용히 간 듯. 역대 급은 아닌 걸로. 태풍이 한반도에서 너무 빨리 지나감. 기상청 하는 짓거리가 그렇지 뭐. 그만 좀 오버해라 별것도 아니었구먼. 솔직히 재미없었던 태풍이었다. 강력 태풍이라더니 장마보다 더 조용히 지나갔는데 태풍이 맞나 싶을 정도임. 역대 급 (호들갑) 태풍" 등의 내용이 있었다. "무엇이 약했냐. 피해가 장난 아니다."라는 댓글에는 오히려 "그게 태풍이냐, 태풍이 왔었냐."라는 대댓글이 달려있었다. 우리는 경악을 금치 못했다. 새벽 내내 속보에는 침수 피해가 떠 있었다. 우리는 집이 사라지고, 잘 곳이 없어진 이도 있었다. 먹을 것을 챙기기 힘들고, 입을 옷도 제대로 챙기지 못하는 곳도 있었다. 생계가 흔들리고 우리의 삶이 어려워졌다. 심지어 누군가를 잃는 아픔까지 겪었다. 자신의 일이 아니라고 쉽게 말하는 사람들도 많았고, 자신의 일이 아니지만 깊이 공감하고 마음을 나누는 이들도 많았다. 물론 지역에 따라서는 괜찮았던 곳이 있을 수 있다. 그렇다면 그저 '괜찮은 곳은 다행이다.'라고 생각하면 그만일 것이다.

왜 굳이 우리의 상처에 소금을 들이붓는 것일까? 직접 겪었느냐에 따라 서로의 마음을 깊이 공감할 수 있다. 하지만 겪지 못했다고 하여 함부로 말해도 되는 것은 아니다. 당장은 나의 일이 아닐지라도 될 뻔했을 수도 있고, 언젠가 나의 일이 될 수도 있다. 나와 동떨어진 일이라 하더라도, 내 곁에서 생길 가능성은 무시할 수 없다. 그것이 아니라 할지라도 어쨌든 우리 모두 마음을 가진 사람이지 않은가. 함께 살아가는 처지에 굳이 말을 쉽게 내뱉어서 누군가에게 상처를 주어야 할까? 내가 겪지 않았다고 하여 쉽게 생각되는 것이 아니라 경험하지 못했더라도, 나와는 관련 없는 일일지라도 한 번 더 들여다보고 서로의 마음을 나누어가는 우리가 되었으면 한다.

어떤 사람들은 종종 '별것도 아닌 일에 힘 빼지 마라. 별것도 아닌데 왜 그렇게 힘들어하냐.'라고 말한다. 그들 스스로가 직접 겪으면 어떨까? 자신에게 그 일이 벌어지고, 자신의 일이 되면 별것도 아닌 일이 아닌 자신의 전부가 될 수도 있다. 마찬가지로 우리에게 별것 아닌 일이 그들에게는 온 힘을 다해야 하는 일이 될 수 있다. 그러니 내가 아파하는 일을 남이 어떻게 평가하는가에 '나는 왜 이렇게 아파하는 것일까?' 자책하며 자신을 몰아넣지 말자. '내가 힘들고 아프다는데, 당신이 내 아픔을 다 아는 것도 아니면서 왜 그렇게 말을 하는 것인가?'라고 따끔하게 한마디 해버리자.

6. 눈치 보는 것이 부끄러운 일인가요?

요즘 시대는 순하고 착하면 바보이고, 손해만 볼 뿐이라고 한다. 정말 그럴까? 대학을 다닐 때 어쩌다 4명이 한 팀처럼 자주 놀게 된 때가 있었다. 모두 친했지만, 특히 친했던 지우(가명)가 있었고, 현지(가명)와 민서(가명)도 웬만큼 친했다. 지우와는 워낙 잘 맞아서 선배들이 이름을 헷갈릴 정도로 어디를 가든 항상 함께였다. 그런 우리를 현지가 부러워하고 있었던 모양이다. 지우와 내가 자리를 비운 사이 민서에게 "쟤네는 왜 친한지 모르겠어. 지우는 왜 저렇게 쟤를 챙겨?"라고 말하며 답답해했던 모양이다. 나는 민서와도 친했기에 민서는 나에게 현지와 거리를 두는 게 낫겠다고 말했다. 아마 민서가 나에게 하지 못한 이야기가 많았던 것 같다. 안타깝게도 이야기는 민서의 바람대로 흘러가지 못했다.

현지는 지우에게 자주 연락했고, 지우와 늘 함께했던 나까지 세 명이 만나는 자리가 자주 생겼다. 민서의 이야기를 들었음에도 불구하고 지우가 친하게 지내고 있었기 때문에 현지와 거리를 두기 어려웠고, 현지의 마음이 조금은 달라졌을 거라고 생각했다. 이 정도의 시간이 흘렀으니 현지는 이미 나의 소중한 친구라고도 생각했다. 물론 현지가 나의 마음과 같지 않다는 것은 시간이 흐르면서 절실히 깨달을 수밖에 없었다. 나에게 연락하지도 않았으면서 지우에게는 내가 연락이 잘 안 된다고 몇 번이고 이야기했다. 내가 지우와 함께 있을 때에는 지우가 연락하면 답이 바로 오고, 내 연락에는 무시하는 일이 반복되었다.

결국 내가 현지와의 관계를 정리하게 된 일이 두 가지 생겼다. 첫 번째는 현지가 자기 일을 도와달라고 요청했던 일이었다. 나와는 제대로 연락도 하지 않다가 갑자기 줄기차게 전화가 오더니 자신의 일을 도와달라고 했다. 현지와 오래도록 친구로 남고 싶었던 나는 고민했다. 하지만 그 일은 내가 할 수 없는 일이었다. 나의 상황 역시 불가능했기에 미안하지만 안 될 것 같다고 말했다. 나의 용기 있는 거절에 돌아오는 것은 "해줄 줄 알았는데 그것도 못 해주냐?"라는 핀잔이었다.

두 번째도 비슷했다. 현지가 보험 일을 시작했다. 나에게 밥 먹자는 말 한 번 없었던 현지는 나의 보험을 점검해 주겠다며 연락을 해 왔다. 설계를 해 줄 테니 작은 것 하나라도 하라고 했다. 지금은 중요한 시험 준비 중이라 나중에 이야기했으면 한다는 나의 말에 화를 내고 돌아섰다.

괜스레 미안한 마음에 먼저 연락했다. 언제 한번 시간 맞춰 밥이라도 먹자는 나의 말에 자신은 한참 전에 미리 약속 잡지 않으면 같이 밥을 못 먹는다고 했다. 연인에게서 바람맞은 여자가 된 것 같은 기분이었지만, 그때는 그것까지 신경 쓸 틈이 없었다. 며칠 뒤 나는 지우를 통해 현지에게 1시간 전에 연락했는데도 바로 점심을 함께 먹었다는 이야기를 들어야 했다.

시간이 지나고 보니 '현지는 나의 마음을 이용한 건 아니었을까?' 하는 생각이 들었다. 눈치 보며 모든 것을 받아들이고, 자신의 부탁이라면 모두 들어줄 것이라 생각한 내가 자기 마음대로 움직여주지 않아서 짜증이 났던 것 같기도 하다. 그때 현지가 간과했던 것이 있다. 그 시기의 나는 이미 단단해져 가는 중이라 착하고 눈치 보며 상대방을 생각한다고 혼자 마냥 주눅 들어 있는 사람은 아니었다는 것을.

성인이 되고, 일하면서 있었던 일이다. 사람을 대할 때 항상 진실로써 대하고자 노력하고, 그동안 쌓아온 눈치로 열심히 해왔다고 생각했다. 무엇을 시키면 나의 자리에서 최선을 다했고, 진심의 마음으로 이야기해 왔다고 자부했다.

같이 일하던 언니의 날카로운 질타로 내가 쌓아온 시간은 모두 거짓이 되어 버렸다. 언니는 나의 웃음이 진짜가 아니라고 했다. 내 모습이 가짜라고 말했다. 내가 하는 말과 행동에서 진심이 느껴지지 않는다는 이야기를 한참 동안 들었다. 처음 들었을 때는 의아했고, 말이 나오지 않았다.

몇 날 며칠, 그런 이야기를 계속 듣고 보니 웃어지지 않았다. 그런데 그 모습을 보고 가장 편안하고 나다워 보인다고 했다. 그 이야기를 듣고 나서 나는 더 괴로웠다. 내가 힘들어하는 모습이 가장 편안해 보인다는 말을 내 앞에서 하고 있었다. 당시에는 '무엇이 내 모습일까?' 하는 생각도 했다. 10대, 20대 때도 하지 않던 마음속 방황을 했다. 그 이야기 이후 내 마음을 더 들여다보게 되었다. 그러면서 결국에는 또 자책하고 있었다.

시간이 지나 결혼하고 보니 그때 홀로 자책했던 일이 후회로 남았다. 언니가 나를 앞에 두고 왜 그렇게까지 이야기했는지 당시로선 이해가 잘 안 되었다. 마냥 허허거리며 웃어온 것도 아니었다. 힘이 들면 힘들다고 했고, 냉정하게 이야기해야 하는 경우에는 확실하게 표현하기도 했다. 나중에 생각해 보니 그저 우리가 다른 사람이었기 때문이라는 생각이 들었다. 눈치가 익숙해져 있는 나는 나와 상대방을 위해 빠른 판단을 내리는 사람이었던 것 같다. 빠른 판단을 통해 상황을 좋은 방향으로 흘러가게 노력했다. 있는 그대로 했던 나의 말과 행동이 그 사람에게는 그냥 받아들여지지 않았던 것이었을 뿐. 그곳에 내가 가짜였던 적은 없었다.

나는 내 잘못도 아닌 일에 자책하며 괴로워했다. 그것은 나의 모습이 아니라고 말하는 것을 믿고 스스로 착각하고 있었다. 만약 내가 꾸준히 나를 알아보는 노력을 하지 않았다면, 지금도 계속 착각하고 괴로움에 빠져 있었을 것이다.

착하고 눈치를 보는 일이 왜 잘못이 되어야 하고, 바꾸어야 하는 일이 되어야 하는가? 눈치를 잘 보는 것도 있는 그대로의 나이다. 눈치를 잘 본다는 것은 그만큼 나와 상대방이 함께 걸어갈 수 있는 가장 좋은 길로 안내하는 것이다. 눈치를 본다고 해서 주눅 들어 있을 필요는 없다. 친절하되, 눈치껏 당당하게 행동하는 것. 그것이 내가 찾은 진정한 나의 모습이다.

7. 그래, 마음껏 눈치 보고 상처받아 보는 거야

대부분의 사람은 눈치 보는 것에 대해 부정적으로 생각한다. 나 또한 오랜 시간 눈치를 숨기려고 하고, 눈치 보지 않고 살고자 애써왔다. 왜였을까? 단순히 나를 구성하는 하나의 성향으로 생각할 순 없었을까?

대학 생활은 다양한 사람을 만나 많은 경험을 할 수 있는 최고의 시간이라고 생각한다. 여러 지역의 사람들이 모이기에 개성도 가지각색이다. 그만큼 여러 종류의 상처를 받고, 관계에 대해 생각하며 배울 수 있는 시간이기도 하다.

몇몇 동기와 매일 마주치고 시간을 보내다 보니 서로를 잘 알게 되었다. 그중 한 동기가 어느 날 나와 데면데면하기 시작했다. 연락도 잘 받지 않았다. 갑작스러웠기에 의문이 들었다. 계속 연락을 시도하자, 싸이월드 방명록에 동기가 글을 남겼다. 자신은 100을 내주고 말하는데, 나는 50밖에 안 하는 것 같다나. 내가 내 이야기를 잘 못하던 시기라서 나의 모든 것을 이야기하지 못했던 것은 인정한다. 연인 사이도 아니고 친구 사이에 100을 다 이야기해야 하는 건 아니지 않은가? 굳이 왜 그래야 하는지 이해할 수는 없었지만, 그래도 나는 그 동기와 좋은 친구로 남고 싶었다. 안절부절못하고 시시때때로 사과했다. 나의 노력에도 불구하고 기어코 그 친구는 한동안 나를 외면했다.

정말 좋아했던 선배 언니가 있었다. 언니와 수업을 함께 들은 것은 아니었다. 선배들을 통해 알게 되었고, 마음이 잘 맞아 서로를 애틋하게 챙기는 사이가 되었다. 언니가 무슨 일이 있을 때면 나의 자취방에서 한잔하기도 했고, 날을 새며 이야기를 나누곤 했다. 내 속을 다 내놓을 정도로 의지했고, 마음을 주었다. 내가 사람에 상처받고 상황에 치여 힘든 마음에 어디론가 떠나야 했을 때, 계속 연락을 남기며 걱정했던 사람 중의 한 명이었다.

그러다 연애에 대한 회의감을 가지고 있던 나에게 언니가 소개팅을 주선했다. 누군가를 만나고 싶은 마음은 없었다. 언니도 그걸 알고 있었기에 눈치를 채지 못하게 빠르게 추진했던 것 같다. 나는 좋아하는 언니의 말을 잘 따르는 동생이었고, 그렇게 마지못해 함께 자리하여 만나게 되었다.

나가자마자 깨달았다. 이 시간은 이루어져서는 안 되는 일이었다는 것을. 나를 잘 아는 언니였기에 아마 알고 있었을 것이다. 아마도 나를 안쓰럽고 안타깝게 생각하는 마음이 더 컸던 모양이다. 언니 커플이 정신없이 몰아갔다. 나는 난감했고 그 자리가 몹시 불편했다. 끝날 것 같지 않던 시간이 끝나고 마침내 집으로 향했다. 드디어 숨이 쉬어졌다. 상대방은 내가 마음에 들었다고 했다. 불편해하는 모습이 보였을 텐데 신기했다. 언니는 내가 조금 더 만나보기를 바랐다. 나는 굳이 그러기가 싫었다. 언니가 생각해서 만들어준 자리였기에 거절하기가 민망하고 불편했다. 말하기 어려워도 해야 하는 일이었다.

"지금은 누구를 만날 마음이 생기지 않는 것 같아요. 일부러 고르고 골라 만들어준 자리인데 죄송해요."

이렇게까지 말했는데도 언니는 일단 만나 보라고 했다. 나는 혹여나 이 일로 언니와의 사이가 멀어질까 걱정하며 조심스럽게 사과했다. 그렇게 지키고 싶었던 언니였는데……. 결국 언니와는 연락이 끊어졌다. 계속해서 연락했지만 언니의 차가운 모습만 거듭되며 상처에 소금을 뿌리듯 아팠다. 최근 사진 정리를 하다가 언니 생각이 났다. 예전에 언니가 나를 따뜻하게 안아주며 보냈던 메시지와 함께 찍은 사진들을 보내며 안부를 물었다. 나의 마음은 또다시 읽씹(읽고 대답을 안 함)을 당했다.

감추기 급급했던 상처투성이의 시간이 곪아 문드러졌다고 생각했다. 어느 순간 아무렇지 않아지는 것을 보며 '차라리 그때 마음껏 눈치 안 보고 더 확 질러버리고 확실하게 상처받아 버렸으면 오히려 더 마음이 편했겠다.'라는 생각이 든다. 왜 그렇게 눈치만 보려 했을까? 뭐가 겁나서 말 한마디 제대로 못 하고, 상대의 기분만 살피고, 조금이라도 덜 상처받으려 했을까? 대학 시절 여러 사람의 외면으로 인해 사람에 대한 회의감이 생겼고, 그 당시에는 상처가 나를 옥죄곤 했었다.

상처받지 않는 사람은 없다. 언젠가는 나와 같은 사람을 하나둘 만나 어느 순간 나와 그 사람은 서로의 상처를 보듬고 있는 걸 발견한다. 당당하게 눈치 보고, 그 순간의 쭈뼛쭈뼛한 감정이 불편하더라도 마음껏 즐기고 '당당하게' 하자. 자신 있게 상처받고 따뜻하게 나를 보듬어 주자. 그렇게만 된다면 나는 더 이상 무서울 것이 없다.

8. 애쓰지 않아도 봄이 되면 꽃은 핀다

밤이 깊을수록 아침은 밝아오고, 추운 겨울일수록 봄은 가까워져 있다. 대학을 다니며 자취하던 시절, 나는 직접 방을 알아보러 다녔다. 먹이를 찾아 산기슭을 헤매는 하이에나처럼 해가 바뀔 때마다 더 싸고 햇볕이 잘 드는 방을 찾아 여기저기를 헤매었다. 두세 번의 이사를 하고 이제까지 본 적 없던 저렴한 가격의 방을 계약했다. 당연히 방은 작아졌고, 학교에서도 멀어졌다. 그런 것은 방값만 싸면 문제 될 것이 아니었다. 오히려 감사할 지경이었다. 분명 감사했는데……. 그 마음이 며칠 가지 못했다.

방학 때 고향 집으로 돌아가는 친구들과 달리 나는 명절과 같은 특별한 며칠을 제외하고는 자취방에서 오랜 시간을 보내야 했다. 그랬기에 방학이 되면 방을 계약하고 바로 이사하고 생활하기 바빴다. 새 자취방에서 즐겁게 하루하루를 맞이하던 어느 날 작은 벌레가 보였다. 벌레라면 진저리를 치지만, 그곳에 나를 도와줄 사람은 아무도 없었다.

휴지를 칭칭 감고 벌레를 겨우 잡았다. 식은땀이 마구 흘렀다. '휴~ 살았다.' 안도의 한숨도 잠시, 웬걸. 나의 안도감이 짓밟혔다. 벌레는 한 마리가 아니었다. 잡고 또 잡아도 계속 나왔다. 소름이 끼칠 정도로 싫었다. 결국 나는 구멍을 막기로 했다. 신문지를 끼우고 테이프로 몇 겹을 붙였다. 그래도 나왔다. 바닥에서 자면 귀로 들어올 것 같아서 밤에 잠도 자기 어려웠다. 소파 침대를 얻어 펴고 나서야 조금씩 잠을 잤다.

지금 생각해 보면 '왜 주인집에서 처리해 주지 않았을까?' 하는 생각도 한다. 주인집에 말하지 않았던 것은 아니었다. 이야기를 몇 번 했음에도 불구하고 처리 같은 건 없었다. 그때의 기억을 떠올리기만 해도 온몸이 간지럽다. 그렇게 일 년의 시간을 보내면서 원래도 싫어했던 벌레가 눈물이 날 정도로 더 겁나고 두려워졌다. 버티고 버티다 보니 시간은 흘렀고 나는 또다시 싸고 햇볕이 잘 들며 벌레가 안 나오는 방을 찾아 이사했다.

대학 졸업을 앞두고 나는 도무지 할 줄 아는 게 없는 것 같았다. 좋아서 들어온 학과임에도 할 수 있는 게 없었다. 친구들보다 뒤처지는 기분이 들어 마음이 답답했다. 부모님의 바람에 따라, 많은 취업 준비생들의 꿈이기도 했던 공무원을 준비하기로 했다. 학원 근처로 방을 옮겼고, 나 역시 잘할 수 있을 것 같은 기분이 들었다. 금방 합격하는 꿈에 젖기도 했다.

학원에 가서 수업을 들으며, 이곳은 '아군이 없는 전쟁터'라는 것을 느꼈다. 모두가 날이 서 있었고, 자리를 맡기 위해 새벽부터 줄을 섰다. 아침부터 수업을 듣고, 복습을 하며 하루를 보냈다. 그렇게 준비한 첫 시험. 모든 걸 쏟아냈음에도 결과는 처참했다. '나는 분명 열심히 했는데 왜 나아가지 못하고 이러고 있는 걸까? 무엇이 부족했던 걸까?' 자괴감이 들었다.

첫술에 배부를 수 없다고 두 번째를 준비했다. 첫 시험보다는 나아졌지만, 결과는 같았다. 고시원에 틀어박혀 세 번째 시험을 준비했다. '이보다 더할 수 없겠다.' 싶을 정도로 쏟아부었다. 결과는 불합격. 고민이 되었다. 과연 나에게 이 길이 맞는 것일까? 고민에 고민을 거듭했다. 현실과 나의 꿈. 어느 것 하나도 이대로 가야 할 이유는 없었다. 이제까지 해 온 것은 아깝지만 이미 지나간 것을 되돌릴 수는 없었다. 모든 걸 쏟아부었고, 결정해야 하는 시간이 왔다면 지금부터 어떻게 해나가는 것이 좋을지 냉정하게 생각해야 한다. 결론은 'STOP!'. 그렇게 나는 '포기하는 용기'를 배웠다. 그리고 새롭게 나의 방향을 정하고, 나의 앞날을 다시금 준비해 갔다.

대학 생활을 하며 봉사 단체에서 한 분을 만났다. 그분은 건강관리사 일을 하셨고, 어머니와 비슷한 연세였다. 함께 봉사 프로그램을 진행하며 자연스레 함께 이동하는 일도 생겼다. 따뜻하고 친절한 모습에 내 마음까지 밝아지는 기분이 들었다. 어느 순간부터 항상 프로그램 시작하기 전에 일찍 만나 나의 밥을 챙겨주셨다. 어떤 때는 청국장을 사주셨다. 이런 것도 자주 먹어야 건강하다고 하시며, 내 밥 위에 청국장을 올려주셨다. 때로는 비빔밥을 사주시며, 나물을 잘 먹어야 튼튼해진다고 하셨다. 또 어떤 때는 수육을 사주시며, 기름이 빠진 고기라 더 몸에 좋다고 접시 위에 수북이 놓아주셨다. 나중에 내가 그분께 물었다.

"왜 항상 일찍 만나서 저에게 밥을 사주신 거예요?"

그분은 내가 끼니를 잘 못 챙겨 먹을 것 같아, 뭐라도 챙겨주고 싶었다고 하셨다. 그분이 보신 것은 정확했다. 그때는 그랬다. 어려운 집안 환경을 뒤로하고 입학한 대학이었다. 조금이라도 돈을 아끼고 모으기에 급급했다. 당연히 끼니를 챙기기는 어려웠다. 그분 덕분에 나는 배부르게 봉사 프로그램으로 향할 수 있었다. 아등바등하던 나의 생활에 햇살이 비치는 느낌이었다. 지금도 그분은 나에게 "전생에 자신이 엄마였던 것 같다."라고 하시며 나를 챙겨주신다. 무거운 내 어깨의 짐을 툭툭 털어주시던 그분을 보며 생각했다. '꿋꿋이 살아가다 보면 나를 지켜줄 귀인을 만나게 되는구나.'라고.

아이가 태어나고 5개월여의 시간이 지나고 근처 공원으로 산책을 나갔다. 내 몸은 아직 완전히 회복하지 못했지만, 오랜만의 외출이라 설레는 마음이 들었다. 그곳에서 남편의 직장 동료 부부를 마주쳤다. 두 사람은 편안한 차림으로 거닐며, 카메라로 사진을 찍고 있었다. 그 모습이 마치 전문 사진 기사처럼 보여 인상 깊었다. '아, 우리도 아이가 태어나기 전에 저렇게 둘이서 산책 자주 했었는데…….' 하는 이야기를 나누며 추억에 젖었다. 공원 바깥쪽에서 우리는 다시 마주쳤고, 우리에게 다가오며 사진을 찍어주겠다고 했다. 꾸미고 나간 것이 아니었던 터라 부끄러운 생각이 들었다. '이럴 줄 알았으면 꾸미고 나오는 건데…….' 하는 아쉬운 마음이 들었다. 이런 기회는 잘 없을 것 같은 마음에 급하게 자리를 잡았다. 이런저런 조언을 해주며 열심히 찍어주셨다. 우리 부부는 너무 있는 그대로 나와 조금 민망하기도 했지만, 아이는 마치 모델 화보처럼 나왔다. 부모의 마음이란 그런 걸까? 아이가 예쁘게 잘 나왔으니 성공한 것이라고 웃으며 이야기 나누었다. '역시 기회가 왔을 때 잡아야 하는구나!' 생각했다. 감사한 마음을 가지고 있던 중에 두 분에게 아이가 찾아왔다는 소식을 들었다. 마음이 예쁜 이들에게 좋은 일이 찾아왔다는 생각에 마치 내 일처럼 기쁘고 감사했다. 좋은 마음을 나누면 배로 되어 돌아온다는 것을 느낄 수 있었다.

결혼 전, 친정집에 방문한 남편은 친정 부모님과 마당에 작은 포도나무를 심었다. '과연 열매를 맺을 수 있을까?' 싶은 생각이 들 정도로 작은 묘목이었지만, 새로운 시작을 축하하며 나무를 심는 것에 의미를 담았다. 결혼을 하고 묘목을 심은 지 첫해가 지났다. 우리 옆에는 갓난아기가 함께했다. 포도 나뭇가지가 뻗어나가는 모습은 보였지만, 열매를 맺지는 않았다. 친정을 들를 때마다 우스갯소리로 "포도는 언제쯤 따먹을 수 있는 것이냐, 열매가 아예 안 맺는 것 아니냐."라며 이야기를 나누곤 했었다. 묘목을 심은 지 두 해가 지났다. 갓난아기였던 아이는 첫돌을 맞이했고, 과일을 좋아하는 아이로 성장했다. 아이가 포도를 먹을 수 있을 정도가 되자 포도나무는 드디어 달고 맛있는 열매를 맺었다. 아이는 포도가 맛있다며 손을 뻗어 더 달라고 졸랐다. 결혼 전, 열매를 맺을 수 있을지조차 의문이었던 작은 포도나무 묘목이 아이와 함께 어엿하게 자라 어느덧 우리에게 달콤한 기쁨을 주고 있었다.

'이 또한 지나가리라.'라는 유명한 말이 있다. 최선을 다했다면 반드시 꽃은 피게 되어 있다. 단지 저마다의 꽃이 피는 시기가 다를 뿐이다. 너무 애쓰지 않아도 괜찮다. 때로는 쉬기도 하고, 잠시 앉아 멍하니 있어도 괜찮다. 포기하는 것은 용기가 필요한 일이지만, 나의 인생을 위해 심사숙고해야 하는 일이다. 자신을 놓지 않고, 나를 위한 준비를 꾸준히 해나간다면, 가끔 나를 지켜줄 귀인을 만나게 된다. 봄은 오고 꽃은 핀다는 법칙은 변하지 않는다.

PART 3

눈치 9단이 깨달은 사회생활에서 살아남는 법

1. 눈치, 코치로 선배들에게 사랑받는 법

인간은 사회적 동물이다. 시간이 지나면서 집단의 구성원이 되고, 질서에 따라 생활하게 된다. 집단의 여러 사람과 관계 정도에 따라 사회생활, 나아가 내 인생에까지 영향을 미치게 된다.

공무원 시험공부와 취업 준비에 한창이던 때, 점심시간이 되면 식당을 향해 우르르 몰려나오는 직장인들이 마냥 부러웠다. 그들의 모습에서 걱정 따위 없는 위풍당당함을 볼 수 있었다. 그들에게 속하고 싶었지만 가까이 다가갈 수조차 없는 내가 부끄럽고 한심해 보이기까지 했다. 취업만 하면 내가 안고 있는 모든 문제가 해결되고 직장 생활을 잘할 수 있으리라 생각했다. 원하는 곳에 소속되는 상상만으로도 가슴이 뛰었다. 나를 가슴 뛰게 했던 상상이 환상이 되어 와장창 깨지리라는 것을 그때는 알지 못했다.

부푼 꿈을 안고 들어간 직장은 말 그대로 정글이었다. 일은 여러 업무를 많이 해야 했고, 월급은 적게 주면서 급여는 제날짜에 받지 못할 때가 허다했다. 선배들은 자기 일을 어떻게 하면 잘 미룰 수 있을까를 고민했고, 자기가 한 잘못을 나에게 넘기기에 급급했다. 어느 순간 정신을 차리고 보니 나의 상상 속 사회생활은 이미 저 멀리 날아가 버렸다. 취업 준비를 하며 부러워하던 직장인들의 모습은 점심시간조차 업무 재촉을 들어야 하는 일의 연장선에 서 있는 나의 모습으로 바뀌었다.

당장 그만둘 수는 없었기에 나는 무언가 시도해야 했다. 고민이 이어졌고, '새로운 시작은 새로운 힘을 내게 한다.'는 결론에 도달했다. 그렇게 나는 모든 것을 '0'으로 놓고 새롭게 다시 시작하기로 했다.

일단 자기 일을 미루는 선배가 나에게 미루지 않고 하나라도 직접 하실 수 있도록 상황에 맞게 부탁해 보았다. 당시 여러 팀으로부터 일을 받고 있었기에 그 상황을 이용해 보기로 했다. 여기서 포인트는 '뉘앙스의 차이가 중요하다.'는 것이다.

'선배님 당신의 일이니 나한테 미루지 말고 스스로 하라.'라는 식의 말투가 배어들어 가면 절대로 안 된다. '선배님 일을 빨리 해드려야 하는데 지금은 너무 바빠서 버거우니 조금만 도와 달라.'라고 부탁하는 식으로 공략해야 한다.

"선배님~ 제가 지금 소장님께서 시키신 일을 급하게 하고 있는데, 차장님께서 자세히 알아보고 바로 연락 달라고 하네요. 지금 진행을 못 하고 있는데, 혹시 조금만 도와주실 수 있으실까요?"

이렇게 정중한 말을 듣고 "싫어요!"라고 말할 수 있는 사람이 몇이나 될까? 보통은 싫더라도 "알겠어요."라고 한다. 때로는 차장님을 먼저 내 편으로 만든 뒤 두 사람이 직접 업무 지시와 보고를 받을 수 있도록 하는 방법도 있다.

내가 바쁜 일이 없다면, 때로는 선배의 일도 나의 일처럼 성실하게 진행하며 살갑게 구는 능력도 필요하다. 그리고 내가 바쁠 때는 마냥 허덕이고만 있는 것이 아니라 숨도 좀 쉬고 화장실도 가야 할 것 아닌가? 그런 경우에는 확실하게 하되 정중하게 이야기해야 한다. 하기 싫어하거나 상황을 피하려고 주저하는 모습이 보인다면, "와~ 도와주셔서 감사합니다!" 하고 빠르게 웃어넘기고 나의 일로 돌아가는 모습을 보여야 한다. 내가 직접 겪어 보니, 모든 일을 떠안아 이도 저도 제대로 하지 못했던 상황보다 업무 요청을 확실히 진행해서 마무리했을 때가 훨씬 아름답고 명쾌했다.

자기 잘못을 얼버무려 다른 사람들이 내 잘못으로 느끼게 하는 선배에게는 어떻게 하는 것이 좋을까 고민하다가 성향을 참고하기로 했다. 나의 경우는 선배가 비록 자기 잘못을 넘기고 피하기는 했지만, 상황이 모두 끝나고 나서 나의 눈치를 잠깐 살피는 것을 알아챘다.

눈치를 살피고 나서는 오히려 나를 챙겨주려는 움직임도 보였다. 처음에는 '병 주고 약 주는 건가?' 싶어 기분이 더 나빴지만, 그런 상황 외에도 인간적으로 나를 많이 챙겨주려고 노력하는 면이 보였다. 선배의 성향이 되게 나쁜 사람은 아니었던 모양이다. 하지만 자꾸 나의 잘못으로 되는 상황은 억울한 일이었다. 바꾸어야 한다고 생각했다. 선배에게 고민이 있다면서 대화를 시도했다. 업무의 어려움과 더불어 나의 실수가 되어버리는 상황의 괴로움에 대해 터놓고 이야기했다.

여기서 중요한 부분은 '당신이 잘못해 놓고 왜 나한테 떠넘기느냐.'라는 감정이 섞이면 안 된다. 그렇게 되면 적반하장으로 '내가 언제 그랬느냐?'는 식으로 몰아갈 것이고, 오히려 나는 더 억울해질 수밖에 없다. 해맑은 얼굴로 천연덕스럽게 이야기하면 힘들어하는 나의 모습에 양심의 가책을 느끼고, 다음번에 나의 잘못으로 미루고자 할 때 나의 눈치부터 살피게 된다. 그 순간을 놓치지 않고 해맑은 얼굴로 눈을 마주쳐 주면 나는 그의 잘못에서 자유로워질 수 있다.

많은 직장인 중에 선배들에게 미움받고 싶은 사람은 없을 것이다. 미움받고 싶지 않다고 해서 쉽사리 사랑을 받을 수 있는 것도 아니다. 선배들이 떠넘기는 것을 아무 말도 하지 못하고 모두 받는다고 해서 사랑받는 것도 아니다. 나의 의도와는 다른 상황이 곧잘 펼쳐지곤 하기 때문이다. 그럴 때 당황하지 말고 순간의 눈치코치를 잘 발휘해 보자. 나의 눈치코치가 선배들의 마음에 쏙 들어주기를 바라보면서.

2. 일 센스가 일머리를 만든다

내가 바라는 직장과 직장에서 원하는 직원. 내가 바라는 나의 업무 스타일과 직장에서 원하는 직원의 업무 스타일. 이런 것들이 모두 맞아떨어진다면 더할 나위 없이 평화로운 회사 생활이 이어질 것이다. 혹여 맞지 않는다면 보고 대상이 한 단계씩 올라갈수록 자료 수정은 반복되고, 수정만 하다가 업무시간은 끝나고 만다.

20대 후반 어느 작은 회사에서 일할 때의 일이다. 나보다 경력도, 나이도 많았던 선배는 똑똑하고 맡은 일을 멋지게 해내는 사람이었다. 클릭 한 번에 모든 것을 계산해 내는 신형 컴퓨터였고, 그런 만큼 자기 생각도 강한 편이었다. 그에 비해 사장님은 심각한 구형 컴퓨터였다.

문제는 여기에서 시작된다. 해외 파견 직원들의 물량을 일일 보고, 주간 보고로 받아 정리해서 매주 사장님께 보고를 드린다. 선배는 자기가 정리하기에 편하고, 보기에도 좋다고 생각해 만든 양식에 새롭게 적용해서 보고하러 들어갔다. 내가 보기에도 깔끔하게 정리가 잘 되어 있었다. '어떻게 하면 저렇게 멋진 생각을 할 수 있는 걸까?' 하고 생각할 정도였다. 당연히 사장님께 최고의 칭찬을 받고 나올 것이라 확신했다. 한참 지나고 나서야 사장실에서 나온 선배의 얼굴은 칭찬받은 사람의 얼굴이 아니었다. 말도 붙이기 어려워 눈치만 살피고 있는데, 사장님이 나오셨다.

"자료를 내 마음에 쏙 들게 만들 수는 없나! 왜 자꾸 네가 하고 싶은 대로만 하려고 하는 건지 이해할 수가 없다!"

사장실 안에서 화를 내시고도 분이 풀리지 않으셨던 모양인지 따라 나와 또다시 호통을 치셨다. 굉장히 민망한 상황이 되었다. 그 일이 있고 얼마 후에 선배는 '개인 사정상 퇴사'라는 명목으로 회사를 그만두었다. 구인 공고를 내고 급하게 직원을 채용했지만, 인수인계도 제대로 하지 못한 채 회사를 떠났다. 물량 보고를 포함한 선배의 일은 고스란히 내가 떠안게 되었다.

해외 물량 보고가 회사 수익의 대부분이었기에 부담스러웠다. 억 단위 수익을 보며, '혹여나 내가 잘못 보고하는 것은 아닐까?' 하는 마음에 걱정이 되기도 했다. 물량 보고를 할 때면 늘 사장님은 날카로운 상태가 되었고, 자료를 준비하면서부터 불안하고 초조했다. 사장님께 매주 보고하던 선배를 떠올리며 어떻게 자료를 만들어야 하는지에 대해 한참을 고민해야 했다.

첫째, 사장님은 젊은 세대가 아니기에 스마트하게 정리된 것이 오히려 받아들이기 불편했던 것은 아닐까?

둘째, 사장님이 궁금한 것은 어떤 부서가 한 주 동안 얼마만큼의 물량을 했는지에 관해서만 확인하고 싶었던 것은 아닐까? 굳이 어느 부서의 누가 하루는 많이 했고, 적게 했는지에 관해서는 관심이 없으실 수도 있지 않을까? 단순히 이번 주는 돈을 얼마만큼 벌어 온 건지가 궁금한 것이 아닐까?

셋째, 사장님 자신도 어떤 자료로 보고받고 싶은지에 대한 기준을 명확하게 인지하지 못하고 계신 것은 아닐까? 선배가 보고한 자료가 마음에 들지는 않지만, 그렇다고 자신이 원하는 것이 무엇인지도 제대로 모르시는 것은 아닐까?

이러한 생각을 토대로 선배의 멋진 자료를 활용하는 것을 과감히 포기했다. 대신 조금 불편해져 보기로 했다. 일단 매주 올라오는 물량 보고 자료를 출력했다. 특이점을 빨간 펜으로 체크하고 각 부서의 물량을 직접 합해서 가장 마지막 장에 기재해 두었다. 보고할 때는 가장 마지막 장을 먼저 보여드리고 궁금하신 것이 있으면 앞쪽으로 돌아가서 각 부서의 물량 보고를 확인할 수 있도록 했다. 자료는 문서철로 만들어 몇 월 혹은 몇 월의 몇 차주가 궁금하면 바로 확인할 수 있게끔 준비했다.

드디어 긴장되는 보고 시간이 다가왔다. 불안감에 휩싸여 입술을 물어뜯고 있었다. 1분 1초가 몇 시간 같이 느껴졌다. 모든 확인을 마친 사장님께서는 딱 한 마디를 남기고 자리로 돌아가셨다.

"이렇게 보니까 한눈에 들어오고 물량을 확인하기 좋구나. 수고했다."

온몸에 전율이 흐르고 성취감이 구름을 뚫을 기세였다. 오랫동안 선배를 애먹였던 물량 보고 자료였기에 나도 쉽지 않을 것이라 마음의 준비를 하고 있었던 터라 기쁨이 더했다. 많은 시간을 고민하고 준비했던 이 일을 계기로 내가 깨달은 것이 있다.

내가 하고 싶은 대로만 하는 것은 직장에 적응하지 못하는 것과 같다. 내가 생각하기에 좋은 자료가 상사에게는 불편할 수도 있다. 상사가 바라는 지시 내용이 나에게는 어려울 수도 있다. 직장을 다녀야 하는 이상 어차피 일 눈치를 키워야 하는 것은 어쩔 수 없는 일이다. '상사가 원하는 것은 어떤 것일까?'를 고민하고 적용해가면서 단계적으로 나의 의견을 피력해가야 한다. 쉽지 않겠지만, 피할 수도 없는 일이다. 내가 바라는 직장과 상사가 바라는 나의 거리를 조금씩 좁혀가는 것. 거기에서부터 진정한 일 눈치는 시작된다.

3. 잘 키운 눈치가 스펙이 되는 때는 반드시 온다

나는 과연 눈치가 있는 사람일까? 대다수의 사람은 "눈치가 없진 않은 것 같다."라고 답할 것이다. 이러한 답변에서 개개인의 눈치 객관화가 얼마나 부족한지 알 수 있다. 진짜 눈치 없는 사람들은 자기가 눈치가 없음을 인지하지 못하고, 인정하지 못한다. 대학 생활을 시작하고 사회로 나가 종잡을 수 없는 환경에 처했을 때야 비로소 절절히 느낄 수 있다. 사회생활에서의 눈치는 필수불가결하기 때문이다.

직장 생활 초반, 입사하고 얼마 뒤에 A 직원이 입사했다. A 직원은 경력직이었기 때문에 처음부터 나와는 달리 능숙한 느낌이었고, 다재다능해 보이는 그녀의 말과 행동에 후광이 보이는 것 같았다. 얼마 지나지 않아 본격적인 업무 회의에 들어가면서 그 후광은 금세 걷혀 버렸다.

회사는 기업 부설 연구소로 본사와의 협의가 중요했다. 일차적으로 아침 회의를 통해 각자의 업무 분담이 정해지고, 본사와의 협의를 거치면서 조정안이 내려온다. 최종적으로 오후 회의 때 소장님이 발표하면서 여러 사안이 확정된다. A 직원은 그 과정에서 한참을 헤매고 있었다.

하나의 사례로 아침 회의에서 특정 업무를 내가 맡는 것으로 1차 결정이 되었고, 업무 시작일과 종료일도 정해졌다. 회의가 끝나고 본사와 협의를 하면서 내가 맡은 중요한 업무 사항들이 많아 아침 회의에서 정했던 특정 업무는 A 직원이 하는 것으로 조정안이 내려왔다. 그로 인해 A 직원의 업무가 많아지는 것은 아닐까 하는 의견도 있었다. 소장님과 팀장님의 상의 끝에 본사의 조정안에 따르기로 결정했고, 이유는 A 직원의 업무량이 현저히 적기 때문에 오히려 A 직원이 해야 한다는 명확한 결론이 나왔다.

본사, 그리고 소장님과 팀장님의 결정은 오후 회의에서 확정 통보되었고, A 직원은 통보된 결정에 불만을 품었다. '왜 자신이 그 업무를 해야 하느냐. 아침 회의 때 다 정해 놓고 왜 인제 와서 번복하느냐?'라며 따지고 들었다. 거기까지만 했다면 좋았으련만. 눈치가 조금이라도 있었다면 멈출 수 있었을까? 나아가 자기 일이 많아서 힘들다고 부당함을 말하며 핏대를 세웠다. 제동이 되지 못한 A 직원으로 인해 소장님과 팀장님의 분노가 터졌다.

"아침 회의 이후에 본사와 협의하면 오후 회의 때 조정되는 경우가 많다는 것을 몇 번이나 말했는데, 인제 와서 바꾸느냐는 말이 왜 나옵니까? 입사한 지가 언젠데 아직도 그런 말을 하고 있습니까? 숱하게 조정될 때는 딴짓만 하고 있더니 자기 일이라니까 이제야 집중이 좀 됩니까?"

이렇게 시작한 소장님의 말씀은 A 직원의 업무 태도를 모두 쏟아내기에 이르렀다.

"나를 포함해서 직원들은 A 직원의 업무량이 현저히 적은 것을 잘 알고 있습니다. 그 덕에 업무 시간에 항상 휴대폰하고, PC로 톡 하고, 즐겨찾기에 쇼핑몰 잔뜩 넣어놓고 쇼핑하는 것 아닙니까. 우리가 모르는 줄 압니까. 적당히 하든가. 눈치가 좀 있던가."

결국 극을 향해 달려갔고, 소장님은 말씀이 끝나자마자 문을 쾅 닫고 나가버리셨다. 우리는 서로의 눈치를 볼 수밖에 없었고, A 직원은 얼굴이 벌게져 더 이상 아무 말도 하지 못했다. A 직원은 소장님의 눈 밖에 나 버렸고, 본사에서도 모든 사실을 알게 되었다.

왜 이런 일이 발생하는 걸까? 업무 분담을 하다 보면 누군가는 적은 양의 업무를 받고, 누군가는 많은 양의 업무를 받을 수도 있다. 저울을 달아서 양을 조절할 수는 없는 일 아닌가. 그럴 때 업무량이 적어 쉴 수 있는 사람은 일이 많은 사람을 도와주든가. 그러기 싫으면 일하는 척이라도 해야 할 것이다. 눈치껏 업무를 진행하고 본사와 협의해 갔던 나는 A 직원과 상반되어 오히려 좋은 평가를 받게 되었다. 이 일로 나는 '눈치 = 스펙'이 됨을 깨달았다. 눈치껏 상황을 파악하고 업무를 잘 수행하여 능력을 인정받아 가는 것. 이것이 바로 '잘 키운 눈치가 스펙이 되어 돌아오는 것'이다. 사회생활에서 눈치 있는 말과 행동은 모두 나의 능력이 된다는 사실을 잊지 말아야 한다.

4. 내 능력치보다 부족하지 않게! 그러나 넘치지도 않게!

복이 많은 것은 참 좋은 일이다. 바라는 일이 수월하게 이루어지고, 운이 좋아 행복이 열려있다. "복이 많다."는 이야기를 들으면 새삼 기분이 좋아진다. 단 하나의 복만 빼고 말이다. 어째서인지 ○ 복이 많다는 이야기를 들으면 묘하게 찝찝하고 기분이 나빠진다. 바로 일복이다. 일복이란 녀석은 사람을 참 힘들게 만든다. 특히나 직장인들로서는 '제발 오지 않았으면…….' 하고 바라는 복이기도 하다.

공무원 준비를 호기롭게 포기하고 자격증 공부에 돌입했다. 국비 지원을 받으며 나의 앞날을 위해 철저히 준비해 갔다. 고시원에서 지내면서, 컴퓨터 활용능력 2급, 전산회계 1급, 전

산세무 2급 자격증을 한 번에 합격해 내겠노라 굳게 다짐했다. 아침부터 수업을 듣고, 남아서 복습하고 고시원으로 돌아가는 일상의 연속이었다.

한 달 반 만에 3개의 자격증을 취득하고 설레는 마음으로 첫 출근을 했다. 날아갈 듯 기뻤다. 공무원 시험에는 불합격하기만 하던 내가 드디어 해냈다는 성취감에 무엇이든 할 수 있을 것 같았다. 내가 취업한 곳은 지방의 한 작은 회사였지만, 백 명이 넘는 사람이 입사를 지원할 만큼 기대되는 회사였다. 그 많은 사람 중에 입사했으니 함께 잘해 나가 보자고 당부하셨다. 나는 열과 성을 다할 것을 결의하며 포부를 밝혔다.

입사하고 보니 업무 체계나 기준이 없었다. 눈치를 다져온 덕분이라고 해야 할까. 모든 것을 알아서 만들어가야 한다는 것을 깨달았다. 이수해야 하는 교육도 많았다. 회사에서는 필요한 교육을 반드시 들으라고 말하면서도 불편한 기색을 비췄다. 내가 교육을 들으러 가면 회사 일은 누가 어떻게 할 것인가에 대한 문제였다. 어쨌든 회사 일에 필요한 프로그램을 활용하기 위해서는 교육을 들을 수밖에 없었다. 교육을 듣고 돌아와 보니 나를 기다리고 있는 것은 넘쳐나는 업무의 소용돌이였다.

회사의 기준과 체계를 만들기 위해 근로기준법을 찾아보고,

눈이 빠지도록 취업규칙을 만들어냈다. 직장 내 법정 의무교육 자료를 만들고 각종 사무 업무를 해내느라 쉴 틈이 없었다. 같이 일하는 직원은 자기 업무부터 도와 달라고 재촉해댔다. 그때는 나에게 주어지면 무조건 다 해내야 한다고 생각했다. 커피 믹스를 6~7잔씩 마시며 겨우 버티며 일했다. 야근과 주말 출근도 밥 먹듯이 했다.

그런 와중에 업체 직원과 가지는 미팅 자리에도 불려갔다. 분위기를 맞춰가며 술을 마시는 바람에 집에 오는 버스에서 내리자마자 정신없이 구토했다. 내 인생에서 처음이자 마지막으로 경험했던 일이었다. 몸무게가 40kg까지 살이 빠지고, 오랜만에 만난 대학 선배는 해골이 다 되었다고 놀랐다. 그렇게 하루하루 회사에 정성을 쏟아부었다. 숨이 턱 끝까지 차오르는 느낌이었지만 내가 해낼 수 있는 사람이라는 것에 기쁨을 느끼기도 했다.

그렇게 날마다 버티며 일하고 있었는데, 어느 날 갑자기 멀리 떨어진 공장으로 파견근무를 가서 체계를 만들어 달라고 했다. 회사 사람들과 함께 며칠 동안 출장을 다녀온 적이 있어서 공장이 어떤 상황인지 잘 알고 있었다. 주변에 아무것도 없는 시골의 갖춰진 것은 하나 없는 공장이었다.

파견은 가지 못할 것 같다고 이야기를 하니 난색을 보였다. 나라면 잘할 수 있을 것이라고 격려하면서도 무조건 와서 여러 가지를 함께 만들어가야 한다고 재촉했다. 그즈음에 부모님의 건강도 좋지 않았다. 몸과 마음이 무너지는 기분이었다. 더는 버틸 수가 없었다. 결국 나는 회사에 이별을 고하고 고향으로 돌아왔다. 모두가 나를 붙잡았다. 자리를 비워 둘 테니 꼭 돌아오라고 했다. 끝끝내 돌아가지는 않았다. 모든 것을 바친 회사와의 이별을 통해 '혼자서 모든 것을 해낼 수는 없고, 과한 것은 독이 된다.'는 것을 배웠다.

시간이 지나 한 회사에서 일하게 되었다. 오랫동안 나의 마음을 움직였던 곳이었기에 마음을 맞춰 함께 잘해 나갈 수 있으리라 생각했다. 최종 합격 통보를 받았지만 처음 입사하기로 한 부서가 아닌 타 부서로 이동하게 되었다. 적응 기간이 끝나자 나에게는 과한 업무가 배정되었다. 모두가 입을 맞춰 신입이 할 수 있는 일이 아니라고 했다. 그렇지만 일단 배워보기로 했다. 하루하루 지나며 내 능력을 아무리 끌어올려도 당장에 내가 해낼 수 있는 일이 아니라는 것을 직감할 수 있었다.

모두의 권유에 힘을 얻어 업무를 바꾸어 주실 수는 없는지 면담을 신청했다. 돌아온 말은 "제대로 해보지도 않고 포기하느냐. 더 해봐라."였다. 제대로 해보지 않은 것이 아니었다. 이미 최선을 다해서 해보았다. 그 속에서 많은 문제가 터졌고, 그 문제들로 인해 선임이 여러 번 곤혹을 치르고 있었다. 새로운 문제들은 계속해서 솟아났고, 나는 앞서 깨달은 경험에도 불구하고 스트레스로 몸살까지 찾아왔다. 용기를 내어 다시 면담했고, 신입의 능력으로 성취감을 가지고 해낼 수 있는 업무로 다시금 배정되었다.

새로운 업무를 하면서 나에게 맞는 일을 하는 것이 즐거운 일이라는 것을 느꼈다. 배워가야 할 업무가 많았지만, 업무와 관련해 직접 아이디어도 내며 내 능력을 마음껏 펼칠 수 있음에 행복했다. 그렇게 수습 기간이 지나고 나는 정규직 전환에 실패했다. 말로는 보류라고 했다. 이유는 첫 업무를 포기했기 때문이라고 말했다. 꾸역꾸역 버텨내던 이전의 전철을 밟아냈어야 했던 것일까? 눈물이 났다. 드라마나 영화에서 보기만 했는데, 어느덧 나도 화장실에서 울고 있는 직장인의 한 사람이 되어 있었다.

주변의 선배들이 이해할 수 없다며 같이 분노해 주었다. 알고 보니 새로운 업무의 선임 과장님을 비롯해 같은 팀의 과장님들이 몇 번이고 찾아가 "업무를 잘하고 있으니 정규직 전환을 부탁한다."고 했다고 한다. 감사한 마음이 컸다. 하지만 결정권자는 여러 과장님의 이야기를 귀담아듣지 않았다. 선심 쓰듯 듣기 좋은 말로 "3개월 후에 전환해 주겠다."고 회유하는 모습에 나의 마음은 짓밟혔다. 상처 입은 마음 때문이었을까? 혹은 업무 특성상 전화 통화를 많이 해서였을까? 몸까지 안 좋아지고 있었다. 귀에 이상이 생기고 있다는 것을 느꼈다. 무엇 때문이었는지 알 수는 없지만, 그렇게 나는 정규직 전환을 하지 못하고 퇴사를 결심하게 되었다.

나의 퇴사 소식이 전해지자 높으신 분들이 나를 찾았다. 왜 그만두느냐고 했다. '진즉에 좀 찾아주시지…….' 싶었다. 인사 부서에서 찾아와 처음 입사할 때 들어가기로 했던 부서로 옮길 것을 권유했다. 최대한 편의를 봐주겠다고 했다. '처음부터 그러지, 왜 인제 와서 이러나…….' 싶었다. 이미 내 마음은 무너졌다. 그 누구도 나의 마음을 바꾸지 못한 채 나는 수습 직원에서 실업자가 되었다.

자신이 맡은 일이라면 확실히 해내야 하는 것이 맞다. 그러다 내가 잘한다는 이유로 혹은 그것을 핑계 삼아 나에게 주어지는 일이 점점 늘어만 날 수도 있다. 내 일이 아님에도 떠넘기는 경우도 생긴다. 그럴 때마다 '네, 알겠습니다.'를 반복한다면 나의 일복은 모래알처럼 많아질 것이다.

회사 생활이라는 것이 위에서 하라고 했을 때, 안 하겠다고 하는 것이 쉽지 않다. 아예 불가능하다고 하는 이들도 많을 것이다. 곰곰이 잘 둘러보면 못 한다고 명확하게 이야기하고 자신이 맡은 바에 성과를 확실하게 내는 사람들도 분명히 있다. 모든 것을 해내겠다고 자신하고 소문내면 나의 일이 끝나기도 전에 더한 것이 주어진다. 그렇게 더하고 더해서 모든 것을 떠안아 제대로 하는 것 하나 없거나, 그 모두를 제대로 하면서 내 몸이 부서진다면 무슨 소용일까? 그 책임 또한 모두 나에게로 돌아오는 것이다. 책임을 오롯이 받고 나서 후회하면 그때는 늦다. 정확한 시기에 냉정하게 판단하고 예의 있게 이야기해서 내 능력을 마음껏 펼쳐내 보자.

5. 하고 싶은 말의 50%는 버리고 말해라

예능 프로그램을 보면 "MSG가 버무려진 것 같다."라고 말하는 장면이 종종 있다. 과한 설정으로 토크 하는 것을 두고 하는 말이다. 이른바 '토크 MSG'라고도 한다. 때로는 욕심을 부리다가 선을 넘고 무례한 발언까지 하는 경우도 있다. 이런 일은 왜 일어나는 것일까?

직장인이 되면서 사장님이나 선배들이 하는 말을 곧이곧대로 듣고 솔직하게 모두 말했던 때가 있었다. 나를 지킬 수 있는 건 결국 나밖에 없으며, 스스로 살아남아야 한다는 것을 미처 깨닫기 전이었다.

사장님은 직원을 채용하는 면접에 항상 나와 동석했다. 함께 일하는 직원이니 그런 듯하기도 했지만, 괜스레 부담스러웠다. 면접에서 사장님과 나의 의견이 달랐고, 사장님의 뜻으로 직원을 한 명 채용했다. 얼마 지나지 않아 사장님은 직접 뽑은 직원이 일을 제대로 못 한다고 온갖 짜증을 내셨다. 그러고는 금세 "해고해야겠다."고 말하며 퇴사 권유를 나에게 지시했다. 직원은 퇴사했고 면접은 다시 시작되었다. 그 면접을 통해 사장님이 원하는 직원과 내가 원하는 직원이 다르다는 것을 알았다.

마음을 맞추어 일을 잘할 수 있는 사람인지, 업무능력이 어떤지를 중점적으로 보던 나와 달리 사장님은 기가 세지 않고, 자기 말을 잘 들어주는 직원을 바랐다. 면접을 통해 업무를 함께하고 싶은 지원자가 있었고, 이번에는 나의 의견을 들어주십사 정중히 말씀드렸다. 사장님은 내 말이 다 끝나기도 전에 "그럴 거면 네가 사장 하고, 사람도 뽑고 다 해 처먹어라."라며 화를 내셨다.

'내 의견을 듣지도 않고 화만 낼 거면 면접은 왜 같이 보는 거야?' 하는 생각에 어이가 없었다. 내 의견이 중요한 게 아니라 단지 옆에 앉아 있어 줄 사람이 필요했던 것일까? 단순히 지원자가 마음에 들지 않았던 걸까? 그렇다고 하더라도 갑작스레 화를 낼 것이 아니라 사장님의 생각을 말해 줬다면, 나의 마음이 조금은 괜찮지 않았을까 하는 생각이 들었다.

면접을 보고, 퇴사 권유를 해도 나는 일개 직원일 뿐이다. 어차피 을의 입장이라는 말이다. 좋은 직원을 뽑아 함께 일하고 싶다고 욱해봤자 무엇할까. 사장님은 그냥 그런 분이셨다. 남의 의견은 중요치 않고, 하고 싶은 대로 해야 성이 풀리는 사람. 내가 그걸 알면서도 직원 한번 제대로 채용해 보겠다고 높으신 갑, 사장님에게 내 의견 좀 들어주십사 했다. 알아챘다면 침묵했어야 했는데 침묵하지 못했던 나의 실수이자 욕심이었다.

사장님은 한번 입사했으면 가족이라고 말했다. 직장 생활의 요령이 없었던 나는 무엇이든 다 이야기해야 한다는 사장님의 말씀이 따뜻하게 느껴졌다. 그 따뜻함에 이끌려 있는 그대로 '생리휴가'를 요청했다. 당시의 나는 생리휴가를 요청하는 것은 전혀 거리낄 것이 없다고 생각했다. 내가 아프고 힘든데 근로기준법에 기재된 사항을 굳이 외면할 필요는 없지 않은가? 누가 봐도 상태가 안 좋아 보였던 나는 곧바로 귀가했다.

다음 날 아침, 사장님은 자신에게 왜 그런 것을 이야기했냐며 한참을 따져 물었다. 여전히 아픈 나를 붙잡고 쏟아대는 바람에 어제보다 더 아프게 느껴진 것이 단지 기분 탓은 아니었다. 근로기준법에 있고, 취업규칙 만들 때 보지 않으셨냐며, 있는 그대로 이야기하고 요청한 것이 왜 잘못인지 모르겠다고 이야기했다. 곧바로 나를 향해 엄청난 폭격이 쏟아졌다.

"내가 말을 하는데 무슨 되지도 않는 소리로 말대꾸를 해대는 거냐?"

의아했다. 생리휴가를 요청하고, 질문에 대한 설명을 한 것은 잘못이 아니었다고 생각한다. 나는 단지 상대를 잘못 골랐다. 전혀 받아들여지지 않는 사람에게 백날 이야기해 봤자 소용없는 일이었다. 생리휴가는 취하되 더한 설명을 하고 싶었어도 참았어야 했다는 생각이 들었다.

한 선배는 일을 함께하면서 어려운 점을 모두 이야기해야 한다고 종용했다. 나는 직장 선배에게 나의 이야기를 하는 것이 어려웠다. 몇 번을 끈질기게 물었고, 결국 같이하는 업무에 대한 어려움을 처음으로 이야기했다. 조금만 이야기해야지 했던 것이 선배의 입담에 끌려 이것저것 털어놓게 되었다.

선배만 알겠다던 나의 이야기는 어느 순간 선배의 동기가 알고 있었다. 며칠이 지나고 선배와 선배의 동기가 함께 나의 이야기를 물었다. 당황스러웠다. 선배가 비밀을 지켜줄 것으로 생각했다. 일의 심각성을 느끼고 상황을 수습하려 했을 때는 이미 늦어 버렸다. 어느덧 나는 업무도 제대로 못 하면서 선배들에게 불평만 하는 직원이 되어 있었다. 시간을 되돌리고 싶었다. 선배가 원망스럽기까지 했다. 왜 이렇게 되어버렸을까?

토크 MSG가 생기는 일은 상황을 냉정하게 파악하기보다 욕심이 앞설 때 쉬이 벌어진다. 하고 싶은 말이 많을 때, 모두가 꼭 해야 할 말인지 잘 생각해 보기를 바란다. 말을 있는 그대로 받아들일 수 있는 대상과 받아들일 수 없는 대상이 나뉜다. 받아들일 수 없는 대상에게 모든 이야기를 해 봤자 입장이 곤란해지는 것은 결국 '나'이다.

받아들일 자세가 되어있는 사람이라면, 50퍼센트만 말을 해도 이미 나의 이야기를 이해하고 흡수했을 것이다. 반대로 받아들일 자세가 되어 있지 않은 사람이라면, 100퍼센트를 다 말해주어도 나의 이야기는 소귀에 경 읽기일 뿐이다. 모든 것을 말하려고 하기보다 50퍼센트만 말했을 때 논쟁 없이 아름답게 마무리될 수 있다. 말이란 군더더기를 더했을 때보다 깔끔하게 뺐을 때 더 잘 전달되기도 하는 법이지 않은가. 직장 생활에서는 말을 적게 하는 쪽이 현명한 법이다. 직장 생활을 잘하고 싶다면 하고 싶은 말의 50%는 버리고 말해보는 것은 어떨까?

6. 눈치가 있든 없든 절대로 들키지는 마라

진정으로 눈치가 빠른 사람은 어떤 사람일까? 바로 눈치가 없는 사람이다. 누군가는 '뭐 이렇게 모순적인 말을 하는 거지?' 하는 생각을 할 수도 있다. 자신이 정말 눈치가 빠른 사람이라면 무슨 말인지 단번에 이해했을 것이다. 이미 눈치 없는 '척'을 해 본 사람이기 때문이다.

작은 회사에 다닐 때의 일이다. 사장님은 고지식하고, 남성우월주의에 빠져 계셨다. 내가 사는 세상은 2000년대인데, 출근만 하면 1900년대로 분위기가 바뀌었다. '유아독존이란 이럴 때 쓰는 말이구나…….' 싶었다.

어느 날 상품권을 구매하여 누군가에게 보내라고 지시하셨다. 회계 업무를 진행해야 하는 입장에서 아무 정보도 없이 무작정 진행했다가는 책임을 덮어써야 할 수도 있는 일이었다. 어떤 사람인지, 어떤 명목으로 보내는 것인지 확인이 필요했다. 누군지 알 필요 없고, 접대비로 처리하라고 하셨다. 여러 질문을 했지만, 답은 모두 "알 것 없다."였다. 거래처 직원도 아니라고 하면서 "말한 대로 처리나 제대로 해."라는 말씀에 내가 할 수 있는 대답은 하나뿐이었다.

"지시하신 대로 처리하겠습니다."

얼마 지나지 않아 같은 일이 반복되었다. 같은 사람에게 또다시 상품권을 보내라고 하셨다. 어렴풋이 깨달았다. '아, 사장님이 말 안 하신 이유가 그거였구나.' 알 것 없다던 그분은 '여성분'이었다. 이미 알아챘지만, 모른 척 회계 처리를 여쭈었고, 처음과 마찬가지로 지시하신 대로 마무리했다.

며칠이 지나고, 사장님은 상대방의 심리가 궁금하다며 문지를 하나 보여주셨나.

"선물을 보내고 싶은데 보낼 것이 없네. 이 해부터 10년은 보내고 싶은데."

"선물보다 더 큰 선물 받았습니다. 사장님의 마음."

왔다 갔다 하며 나눈 내용이 나의 신념으로는 허용이 되지 않는 내용이라 보고 있는 자체가 거북했다. 나의 불편한 감정을 애써 숨겼다. 이런 상황에서 티를 내는 순간 더 골치 아파질 게 뻔하다.

"사람 마음이라는 것이 참 어렵죠. 제가 누군가의 심리 이런 건 잘 몰라서요."

급히 정리하고 나왔다. 내가 알아챘다는 걸 사장님이 아는 순간, 그때부터 모든 이야기를 공유하고 들어야 했을 것이다. 이 문자에 담겨 있는 마음은 어떤 것인지, 문자를 어떻게 보내면 좋을지 하나부터 열까지 사사건건 물어봤을 것이다. 그 찰나의 순간 빠른 상황 판단으로, 눈치 없는 척 행동한 나 자신이 대견하다.

직장에서 일하다 보면 의도치 않게 누군가의 일을 내가 떠맡게 되는 경우가 종종 있다. 업무량이 적어 금방 처리할 수 있는 경우에는 괜찮을지라도 업무가 더하고 더해져 화장실 갈 시간도 없이 일 속에 파묻혀 있는데, 정작 일을 떠넘긴 선배가 놀고 있다면 이야기는 달라진다.

산더미 같은 업무 속에서 정신없이 일하고 있을 때였다. A 선배는 슬며시 다가와 말을 걸었다.

"일이 많아?"

100퍼센트 일을 떠넘기러 온 것이었다. 선배의 의중을 눈치챘지만, 눈치챈 것을 들켜서는 안 되는 긴박한 순간이었다.

"와……. 일이 너무 많은데요? 이걸 어떻게 그때까지 다 하라는 건지 참……. 이해할 수가 없어요. 진짜 심하지 않아요?"

선배는 당황했고, "아, 그래? 바빠도 쉬어가면서 해~."라며 자리로 돌아갔다. 이런 일은 비일비재했다. 상황마다 나의 대처는 조금씩 달랐지만 눈치채지 못하게 눈치 없는 척하는 것이 절실한 순간이었다.

눈치가 빠르면 소통이 쉬운 만큼 정보의 노출 가능성도 커진다. 그러다 보면 원치 않는 감정 소모가 생기기도 하고 엮이고 싶지 않은 사람들과 엮이는 일도 생긴다. 많은 직원이 근무하는 회사에 다닐 때의 일이다. 내가 입사하기 직전에 입사한 B 선배는 왠지 모르게 겉도는 듯했다. 오가는 눈빛과 느낌으로 여직원들끼리의 불화가 있었다는 것을 알 수 있었고, 나의 선택이 어느 쪽인지 모두가 궁금해하는 분위기였다.

나의 선택은 선택하지 않는 것이었다. 이런 상황에 대해 나에게 대놓고 말하거나 선택하라고 강요한 사람은 아무도 없었다. 누구도 알려주지 않은 상황을 내가 눈치챘다고 해서 굳이 선택할 필요는 없다. 선택하고 나면 되돌리기도 힘들고, 오히려 여기저기 비위 맞추느라 바쁠 텐데 그 힘든 일을 할 필요가 없지 않은가. 선택하지 않기로 결정한 나는 뻔뻔하게 눈치 없어보기로 했다.

B 선배와 함께 있을 때는 B 선배와의 대화에 집중했다. 'B 선배와 다른 선배들과의 일은 잘 몰라요.'라는 듯이. 다른 선배들과 함께할 때도 마찬가지였다. 틈만 나면 B 선배에 관해 물어보려는 눈빛이 서로 오가고, 미묘한 분위기를 풍길 때 나서서 물어보지 않았다. 눈빛과 분위기를 무시했다. 내가 분위기를 눈치챘다는 것을 아는 순간 모두가 자신들의 입장을 내세워 편 가르기를 시작할 것이다. 편 가르기가 시작되면 여기저기 붙들려가 쓸데없는 감정과 시간을 소모해야 했을 것이다. 나는 내 소중한 감정과 시간을 그런 줄다리기 같은 싸움에 소비하고 싶지 않았다.

'눈치 있게 눈치 없는 척'하는 것을 두고 누군가는 얍삽하다고 할지도 모르겠다. 어떻게 그런 짓을 할 수 있냐며 못마땅해하고 욕을 할지도 모르겠다. 상관없다. 어차피 가장 중요한 것은 나 자신이지 않은가. 눈치 없는 것으로 나의 평화를 지킬 수 있다면 마땅히 할 수 있고, 해야만 한다. 그 누구도 나를 지켜주지 않는다. 진정으로 나를 위하는 사람이 아닌데, 나를 욕할 자격이 있을까? 그런 그들이 욕한다고 해서 신경 쓸 필요도 없다. '모든 순간 꼭 눈치가 있을 필요는 없다.'는 것을 잘 기억해야 한다. 그것은 바로 나 자신을 위해서라는 것도 잊지 않아야 한다. 나를 위해서 '빠른 눈치'를 무기로 때로는 '눈치가 없는 것'이 꼭 필요하다.

7. 피하지 말고, 요령껏 즐겨라

"피할 수 없다면 즐겨라!"

한 번쯤은 들어보았을 것이다. 이 문구를 보며 나는 다르게 생각했다.

"피하지 말고, 요령껏 즐기자!"

같은 말 같아 보이기도 하지만, 작은 뉘앙스의 차이로 내 마음가짐이 달라진다. 피할 수 없으니 어쩔 수 없이 즐기는 것이 아니라 피하지 않고 내 식대로 즐기겠다는 선언이다.

직장인에게 점심시간이 어떤 시간인가. 출근하면서부터 시작되는 기다림의 시간! 퇴근 시간까지 버티게 해주는 한줄기의 단비! 사막의 오아시스! 도저히 포기할 수 없는 이 소중한 시간을 매일 사장님과 단둘이 먹어야 한다면 어떨까?

"그 어려운 걸 제가 해냈지 말입니다."(〈태양의 후예〉 中)

함께 일하던 사람들이 하나둘 퇴사했다. 직원을 채용하려고 면접을 보았지만, 합격자가 금세 나오지는 못했다. 나와 함께 일하던 마지막 직원은 자신의 후임자를 만나보지도 못한 채 퇴사했고, 결국 나만 남았다. 사장님을 제외하고 사무실에 상주하는 직원은 나 하나뿐이었다. 사장님은 그런 나를 챙겨준다는 명목으로 점심 식사를 같이하자고 하셨다. 알아서 먹고 올 테니 걱정하지 않으셔도 된다고 말해도 소용이 없었다. 사장님과 같이 밥을 먹게 되면서 먹고 싶은 것을 내 마음대로 먹으며 누릴 수 있는 자유 시간이 사라졌다.

"오늘은 옻닭 먹으러 가자."

"나는 만둣국 먹을 건데 너는 뭐 먹을래?"(만두만 파는 식당)

"돌솥 밥 예약해 놔라."

사무실에 남은 직원이 나 혼자가 된 이후로 점심시간에 내 마음대로 먹을 권리는 저 멀리 사라져 버렸다. 그렇게 일주일, 이 주일, 한 달이 넘어가면서 내 황금 같은 점심시간을 더는 놓치지 않겠다고 마음먹었다.

하루는 사장님이 한우 국밥을 먹으러 가자고 하셨다. 식당에 앉자마자 사장님은 부리나케 주문하셨다.

"한우 국밥 두 개요."

나는 급하게 주문을 정정했다.

"사장님! 저는 육회 비빔밥 먹을게요!"

사장님은 당황해하며 그러라고 했고 나는 오랜만에 내 점심 시간을 지켰다. 그날 이후 사장님은 그대로였지만, 한 번 시도 하고 나니 두 번, 세 번 또 하고 싶어졌다. 먹고 싶은 것을 미리 이야기하기도 하고, 약속이 있으니 따로 먹겠다고 하는 날도 있었다. 덕분에 나는 먹고 싶은 것을 먹으면서, 점심시간의 자유를 조금씩 찾아갔다. 그렇게 마음껏 나의 점심시간을 즐기다가 새로운 직원이 들어왔다. 새로 입사한 직원에게도 우리의 점심 식사를 잘 지키자고 하였지만, 입사한 지 얼마 되지 않아서인지 제대로 즐기지 못하는 모습이었다. 그런 모습을 끝으로 나는 퇴사했고, 신입사원의 점심시간은 어떠했는지는 알 수 없다.

퇴사 후 새롭게 한 회사에 입사했다. 업무를 시작했음에도 인수인계는 제대로 받지 못했다. 누구 하나 제대로 알려주는 이도 없었고, 업무 매뉴얼도 찾아볼 수도 없었다. 함께 일하는 직원에게 물어보자, 자신이 들어왔을 때는 더 심했다며 본체만 체하기 바빴다. 오래 일했던 선배마저도 파트가 달라 도와줄 수 있는 것이 없다며 시선을 돌렸다. 눈앞이 막막했다. 계산의 오류가 많았고, 장부 정리는 제대로 되어있지 않았다. 자칫하면 내가 뒤집어쓰기 딱 좋았다. 그렇다고 포기할 수도 없었다. 처음부터 제대로 해놓지 않는다면 앞으로의 업무 자체가 모두 뒤죽박죽 엉망진창이 되어버릴 것이 자명했다. 어차피 해야 한다면 제대로 해버리는 것이 내 성미에 맞았다.

어디서부터 문제가 되었을까? 일단 오래 일한 선배와 바로 전에 입사한 직원을 내 편으로 만들어야 했다. 도와줄 수 없는 것이 아닐 것이다. 어차피 다 같은 일. 분명 나보다 빠르게 체크하고 알아볼 수 있다는 확신이 있었다. 문제가 되는 것들을 챙겨 그들의 자리로 침투했다. 앓는 소리를 내며 혼자는 도저히 못 하겠다며 선배의 도움이 있으면 해결할 수 있을 것 같은데 조금만 도와주십사 부탁했다. 역시 해결이 빨라졌다.

월별로 계산하고 체크해나갔다. 계산기를 두드리는 소리가 경쾌했다. 한둘씩 점점 숨통을 조여 가고 있었다. 발견, 수정, 또 발견, 수정. 반복될수록 전율이 흘렀다. 짜릿했다. 그렇게 나는 숨어있던 것들을 모두 찾아냈다.

피하려면 피할 수도 있었다. 국장님과 상의해서 새롭게 장부 정리를 하자고 했다면 영 불가능한 일도 아니었을 것이다. 다만 내 성격이 그런 것을 용납하지 못했다. 찝찝함을 남기기보다는 포기하지 않고 해내는 쪽을 택했다. 즐기는 자는 이길 수 없다고 했던가. 그렇다면 나는 이긴다. 내가 이기는 싸움이다. 결국 나는 해내고야 말았다.

꾸역꾸역 혼자서 모든 걸 해내야 한다는 말이 아니다. 혼자 짊어질 필요는 없다. 도움을 구할 줄도, 받을 줄도 알아야 한다. 우리 같은 사람의 특징은 도움을 주고자 하되 자신이 도움을 받으려고 하지는 않는다. 굳이 혼자 모든 것을 감내하려고 하는데 절대 그럴 필요 없다.

혼자 살아갈 수 있는 세상이 아니다. 사람이 기대 서 있는 모양이라는 '사람 인人' 한자처럼 서로가 서로에게 힘이 되며 살아가는 것이다. 요령껏 도움을 주고받는 것은 세상을 살아감에 있어 꽤 중요한 일이다.

8. 직장을 남기기보다 사람을 남겨라

최근 '공무원'이라는 직업의 인기가 하락하고 있다는 통계가 있다. 이전에는 왜 그렇게 인기가 많았고, 지금은 왜 하락하고 있는 것일까? 철밥통. 아마 평생직장에 대한 바람이었을 것이다. 인기가 식고 있다는 것은 결국 평생직장에 대한 인식의 변화가 생겼다는 것이 아닐까.

"일이 힘들어도 사람이 좋으면 회사를 계속 다니고, 일이 편해도 사람이 안 좋으면 오래 못 다닌다."

직장을 다녀본 사람이라면 공감할 것이다. 이 말이 평생직장에 대한 인식 변화를 여실히 보여준다.

외지에서의 직장 생활을 정리하고 고향으로 돌아와 구직활

동을 시작했다. 운이 좋게도 한 봉사 단체의 구인 공고를 발견했다. 어릴 때부터 자원봉사와 사회복지, 심리학에 관심이 많아 복수 전공으로 학사를 취득하기도 했던 나였기에 운명인가 하는 생각이 들었다. '이곳이 내가 평생 일할 나의 직장'이라 생각하고 떨리는 마음으로 성심성의껏 면접을 보았다. 면접이 끝나갈 무렵, 국장님이 마지막 말씀을 하셨다.

"이번에는 뽑을 사람이 있어요. 곧 다른 사람이 퇴사하니까 기다렸다가 그때 들어와 줘요."

이해가 잘되지 않았다. '합격이라는 건가, 아닌가? 내가 지금 무슨 얘기를 들은 거지?' 국장님의 말씀은 이번 면접에서는 불합격이고, 다른 직원이 나가면 지원 공고를 올릴 테니 그때 다시 지원하라는 소리였다. 열심히 면접을 본 나는 황당함에 멍해졌다. 아쉽지만 내 인연이 아니었나 보다 하고 다른 곳에 면접을 보러 다녔다.

주말이 지난 화요일로 기억한다. 봉사 단체 국장님께 전화가 왔다.

"내일부터 출근해 줄 수 있겠어요?"

사람들에게 들어보면 그런 곳은 무조건 걸러야 한다던데, 그저 좋아하며 출근하기로 결정했다. 첫 출근을 하고 내막을 들어보니 내정자가 도망갔다고 한다. 그리고 면접 때는 듣지 못했던 업무 관련 새로운 이야기를 들었다. 한 달에 반드시 해야 하는 야근 4번. 저녁에 담당 클럽의 이사회 혹은 월례회가 있어 빠질 수 없다고 했다. 정해진 것 말고도 야근이 필요한 날이 있을 텐데, 반드시 해야 하는 야근이라니. 속이 답답해 왔지만 일단 알겠다고 했다. 업무를 익히고 보니, 일은 많고 인정받기는 어려웠다. 정신을 차리고 보니 야근은 한 달에 10번이 넘어갔다. 주말에 출근해야 하는 일도 있었다. 그제야 '취업 사기 당한 건가?' 하는 생각을 했다.

시간이 지나며 업무는 손에 익어갔고 바쁘고 힘든 나날도 익숙해져 갈 때쯤이었다. 내가 맡은 봉사 단체의 한 클럽 총무에게 십 원짜리 욕을 들었다. 정확한 이유는 지금도 알지 못한다. 나는 내 일을 제대로 했고, 물음에 답을 했다. 갑자기 네가 나를 가르치려 드는 거냐며 반말과 십 원짜리 욕을 했다. 체감상으로 한 시간이 넘었던 것 같다. 나는 점심시간에 밥도 먹지 못한 채 한참 동안 욕을 들어야 했다.

내가 왜 이런 취급을 받아야 하는 것인가? 이해가 되지 않았다. 알고 보니 자기가 한 잘못을 다른 이들에게 들켜서는 안 되었고, 그랬기에 자기 잘못을 악착같이 나에게 넘겨야 했던 것이었다. 나는 단지 화풀이 대상일 뿐이었다. 그런 행동은 한 번으로 끝나지 않았고, 제대로 된 사과조차 받지 못했다. 내가 다니는 곳이 봉사 단체인지 사업자들 모임인지 의문스러웠다. 그의 모습은 살면서 '내가 하는 말이 상대에게 어떻게 작용할까?'를 종종 고민하게 했다.

직장에 대한 회의감이 극에 달하면서도 그곳에서 버틴 이유는 평생직장 같은 거대한 꿈이 아니었다. 그런 꿈은 입사하자마자 무너졌다. 바로 '사람'이었다. 함께 일하는 간사 언니와 동생이 나를 버티게 해주었다. 함께 화내주고 함께 울고 웃던 동료들. 그들은 내가 십 원짜리 욕을 들었을 때도 함께해 주었다. 서로 도움이 되었던 그들이 아니었다면 나는 또다시 몸과 마음이 바스러졌거나 진즉에 항복 선언을 했을지도 모른다. 나뿐 아니라 우리 모두가 같은 마음이었다.

그러던 중 간사 언니가 출산으로 인해 퇴사 선언을 하였다. 출산 시기에 맞춰 퇴사한다는 이야기는 오래전부터 들어왔다. 언니는 인수인계를 해야 하는데 안 뽑는다고 걱정만 하다가 결국 퇴사했다. 언니의 퇴사가 남은 우리를 극으로 몰고 갈 줄은 몰랐다.

시간이 흐르면서 언니의 후임을 뽑지 않고, 언니가 맡은 클럽들을 남은 두 사람이 나눠서 담당하라고 했다. 아무리 우리가 월급 받는 직장인이라 하더라도 정도껏 해야지 받아들이는 척이라도 할 것 아닌가? 원래도 4명이 할 일을 3명이 하고 있어서 일이 버거웠던 차였다. 그랬는데 이제는 2명이 다 하라니. 급여 협상도 없었다. 급여 협상이 있다 하더라도 할 수 없는 일이라고 의견을 모았다. 심지어 관리하는 시스템도 전격 바꾸겠다고 했다. 자기들 하고 싶은 대로만 진행한다면 우리는 퇴근도 제대로 못 하고 턱 끝까지 숨이 차오를 것이 불 보듯 뻔했다. 결국 우리는 항복 선언을 했다.

한때는 평생직장이 돼 줄 거라 생각했다. 아름다운 직업이라는 생각에 자긍심이 차올랐다. 그랬던 직장이었지만, 우리 두 사람은 그곳을 함께 퇴사했다. 많은 일들이 있었고, 직장을 잃었지만, 나에게는 언니와 동생이 남았다. 수년이 지났음에도 인연을 이어오고 있다. 돌아보는 것조차 싫고 진절머리 나는 직장이지만, 딱 하나 감사한 게 있다면 좋은 사람을 남겨주었다는 것이다.

직장에서 욕먹는 일은 비일비재하다. 직장에서 욕을 먹는다고 해서 그것이 모두 내 잘못은 아니다. 내 경험을 빗대어 보면 오히려 내 잘못은 털끝만큼도 없는 경우가 아주 많았다. 누군가의 잘못을 덮어써야 한다거나, 화풀이 대상이 되어야 하는 경우도 있다. 그런 억울한 일들을 퇴근한 이후까지 끌어

와서 자책하지 않았으면 한다. 시간이 지나고 보면 그 또한 억울하다.

사직을 권유받았거나 퇴사를 결정했다고 해서 의기소침하지도 않았으면 한다. 그 속에서 단 하나라도 체득한 것이 있다면 그걸로 된 것이다. 그런 것도 없을 직장이었더라도 상관없다. 퇴사하고 나서 함께 회사 욕을 거나하게 할 수 있는 좋은 인연 하나 만들어 놓았다면 더할 나위 없이 성공한 것이다.

PART 4

센스와 배려는 남기되,
당당하게 사는
7가지 법칙

1. 눈치가 비굴한 태도가 되지 않게

눈치를 보며 자란 사람들은 대개 귀가 얇은 경우가 많다. 나 또한 그런 사람 중 한 명이었다. 내 생각이 있어도 다른 사람의 말을 들으면 그 말이 맞는 것 같고, 이미 그쪽으로 향해가는 나를 뒤늦게 발견하기 일쑤다.

20대 시절, 직장에서 여성성이 확실한 동료 A를 만났다. 여직원은 나와 A 둘이었고, 나는 A에 비해 여성스럽지 못했다. 자연스레 나와 A의 성향이 명확하게 구분되어 보였다. A가 입사한 첫날, 그녀의 자리는 헬로키티 캐릭터로 가득 찼고, 내 자리에는 필요한 것 외에는 별것이 없었다. A의 손짓과 행동은 섬세했고, 나는 하늘거리는 손짓과 행동이 부담스러웠다. A는 예쁜 음식을 좋아했고, 나는 못 먹는 음식이 없었다.

A는 움직일 때조차 나와 함께하기를 바랐고, 나는 업무적으로 필요한 이야기를 나누기 위해서는 이동 시 다른 동료들과 이야기 나누는 것에 거리낌이 없었다. A는 주말에 어떻게 보냈는지 등을 포함하여 모든 이야기를 나와 나누고 싶어 했고, 나는 내 이야기를 아직은 시시콜콜하게 말하는 것이 거북했다.

A는 이런 것들이 쌓여 내가 다른 동료들과 잘 지내는 것이 싫었던 모양이었다. 업무상 소장님의 지시로 동료들과 외근을 다녀올 일이 있었다. 업무가 달랐던 A는 소장님과 함께 사무실에 남게 되었다. 여러 가지 일을 마무리하고 돌아와 짐을 정리하고 있는 동안 다른 동료들이 A와 대화를 나누고 있었다. 그리고 갑작스레 A가 던진 한마디에 사무실은 싸해졌다.

"저 왕따 시키지 마세요!"

짐을 정리하던 나는 '갑자기 이게 무슨 일이지?' 싶었고, 여직원은 자리로 돌아가 앉았다. 상황을 파악해 보니 자신을 두고 외근을 나갔다 온 것이 자신만 소외시킨다고 느꼈던 것 같았다. 파악을 끝낸 나는 그녀를 달래기 시작했다.

"외근은 각자 맡은 일이 있어서 소장님이 직접 다녀오라고 지시를 한 거예요. 놀러 나갔다 오는 것도 아니고 처리해야 하는 업무가 있어 다녀온 건데 왜 그렇게 생각하는 건지 모르겠어요."라고 거듭 이야기하자 A는 풀렸다. 그리고 그날 이후 직원들 모두가 A의 눈치를 살피기 시작했다.

업무적으로 외부에 나가야 하는 경우에는 A에게 이러이러해서 나간다고 이야기하고, A 기분이 안 좋아 보이면 모두가 전전긍긍했다. 내가 보기에 이 모습은 굉장히 이상했다. 모두가 한 사람에게 납작 엎드려 있는 듯한 느낌. 예전의 나였다면 거기서 제일 먼저 납작 엎드렸을 사람은 나였을 것이다. 그 당시의 나는 이대로는 안 된다고 생각했고, 나부터 바뀌었다.

나는 상황 파악을 빠르게 하면서 당당해졌다. A를 제외하고 이루어져야 하는 일들에 걱정하고 반응을 살피던 모습에서 해야 하는 업무를 하는 것이니 눈치 볼 것 없다고 자신감을 불어넣었다. 나부터가 당당해지니 사무실 분위기도 달라졌고, 날이 서 있던 A도 점점 편안해져 갔다. 눈치 본다고 해서 전전긍긍할 일이 아니었던 것이다.

최근에 한 친구와 있었던 일이다. 내가 쓰던 제품을 지금도 쓰고 있는지, 어디서 구할 수 있는지 물어왔다. 그날부터 하루가 멀다고 제품에 대해 질문했고 내가 좋아서 쓰고 있는 것을 친구도 쓴다는 생각에 신이 나서 답을 했다.

어떤 때에는 어떤 제품이 좋고, 이 제품의 금액은 이렇고,

특성은 이렇다고 설명해 주고, 가입할 방법을 알려줬지만, 진행하는 것이 어렵다고 해서 대신해 주기로 했다. 어떤 날은 진행하다가 결제 단계에서 내일 다시 하자고 미뤘다.

"오늘 저녁에 해줄 수 있어?"

"내일 할 수 있나?"

"지금은 나와 있어서 시간이 안 되는데, 이따 할 수 있어?"

"계속 미루게 되네."

"모레는 괜찮을 것 같아. 가능해?"

"지금 할까? 시간 돼?"

며칠 내내 반복되는 모습에 혹여나 나 때문에 무리하고 있는 것은 아닌지 걱정이 되었다. "제품을 쓰지 않아도 된다. 내가 쓰는 제품이 좋아서 너도 쓰면 좋겠지만 쓰지 않는다고 해서 마음이 상하지는 않는다. 네가 정말 하고 싶을 때 했으면 좋겠다."라고 이야기하자 "자신이 자꾸 왔다 갔다 해서 미안하지만, 꼭 써 보고 싶다."라고 했다. 그런 것이라면 친구에게 도움이 되고 싶었다. 물어본 제품 이름을 몇 번이나 다시 물어봐도 어떤 부분에 무엇이 좋은지 거듭 찾아보고 대답해 주었다.

이런 상황의 반복에도 기분 나쁘게 생각하지 않고 도와주고자 했던 이유는 온전히 친구도 좋아했으면 좋겠다는 마음이었다. 친구는 질문과 답변이 오가면서 "왠지 좋은 제품을 알게 된 것 같다. 느낌이 좋다."라고 말했다. 배송비가 추가되는 것은 부담되고, 처음인데 다른 제품을 더 사는 것도 부담이라고 했다. 그 말에 나는 내가 쓸 제품을 추가해서 내 것으로 결제하고 친구 제품 금액만큼만 송금 받기로 했다.

결정하고 나니 진행은 빨랐다. 친구와 통화하면서 친구 휴대폰 인증번호를 받아 가입하고, 결제와 진행까지 모두 완료했다. 잘 시간이 된 아이가 잠이 와서 칭얼거리고 있었지만, 친구가 빨리 쓸 수 있게 해주고 싶은 마음에 빠르게 마무리하고 아이를 재웠다.

아이를 재우러 들어간 지 10분 만에 전화가 왔다. 분명 친구가 원해서 동의하에 인증번호를 받아 나의 결제 카드를 넣어 주문했는데, 자신의 것으로 가입한 줄 몰랐다고 했다. '나중에 쓸 수 있으니까 네 거로 가입해달라고 해서 다 하지 않았냐?'고 말했더니 친구는 '그랬었나? 나중에 직접 주문해 봐야겠다.'라고 웃으면서 통화를 끝냈다.

통화를 끝낸 지 30분도 채 되지 않아 또 부재중 전화가 와있었다. 그리고 톡이 계속해서 울렸다. 통화했으면 한다고 했다. 남편과 밥을 먹고 있으니 궁금한 건 톡으로 남겨달라고 했다. 친구는 오해의 소지가 생길 것 같아서 굳이 통화를 해야 한다고 했다. 통화로 하고자 했던 내용은 주문한 것을 없던 것으로 하고, 가입한 것도 탈퇴해 달라는 것이었다. 신중하게 해야 했다며 미안하다고 했다. 그 순간에는 그럴 수도 있다고 생각했다. 어차피 친구에게 도움이 되었으면 하고 진행했던 일들이었기에 마음이 바뀌었어도 어쩔 수 없다는 생각이었다. 다음 날 친구의 톡을 받기 전까지는 말이다.

"어제 생각이 짧았다. 기분 상했다면 미안하다. 병원에 가서 진료 보는 게 먼저라는 생각에 그런 결정을 내릴 수밖에 없었다."

이 톡으로 인해 친구를 위해 썼던 시간이 허무해졌다. 친구를 생각하며 찾아보고 설명해 주고 시간을 들여 알려주고, 주문하기 위해 시간을 조율하고, 아이가 잠 와서 칭얼거리는 걸 보면서도 결제하고 주문을 끝내고 기뻐했던 내가 바보 같았다. 상처 입을 나의 마음을 위해 확실하게 이야기할 필요성을 느꼈다.

첫째, 생각이 짧았다고 말하기에는 한 달 가까이 반복해서 물어보고, 설명했다. 그 시간 동안 주문 시도를 적어도 10번은 했을 것이다.

둘째, 내가 쓰라고 강요한 것이 아닌데 마치 내가 쓰라고 강요한 모양새가 되었고, 친구의 의사 없이 내가 강제 가입시킨 것처럼 되었다.

셋째, 치료 목적의 제품이 아님을 밝혔고, 친구는 진료는 진료대로 받고 제품도 함께 써보겠다고 이야기했었다.

넷째, 병원 진료를 받는 대상은 친구가 아니라서 만약 안 맞는다고 하면 자기가 써야겠다고 했었다.

다섯째, 엄청나게 비싼 것도 아니었고, 그냥 선물로 줘도 줄 수 있는 것인데, 내가 그 정도 믿음도 못 받을 사람인가? 신뢰 못할 정도로 살아오진 않았는데, 그 돈이 뭐라고……. 솔직하게 말하지 않고, 이리저리 자꾸만 핑계를 대는 모습에 기분이 상했다.

내가 친구에게 마음을 깊이 준 것이 아니라면 처음부터 그 많은 시간을 쏟진 않았을 것이다. 결제와 주문까지 가지도 않았을 것이다. 핑계를 담아 보낸 말에 기분이 나쁘지도 않았을 것이다. 친구가 솔직하게 말해 주었다면 내 기분은 상하지 않았을 것이다. 제품이 마음에 들지 않는다고 했어도 그럴 수 있다며 넘겼을 것이다. 개인 차이가 있으니까. 돈이 부담된다고 했다면 그 또한 그럴 수 있다며 내가 하나 선물해 주겠다고 했을 것이다. 이미 친구를 위해 하나 더 선물할 생각을 하고 있었으니까.

솔직하게, 그리고 차분하게 친구에게 쓸 말을 적고, 읽어보며 마음의 안정을 찾았다. 그리고 이런 상황이 벌어진 것에 대해 나의 잘못이 아님을 나 자신에게 상기시켜 주었다. '나는 믿음을 주지 못하는 삶을 살지 않았다. 친구가 나를 믿지 못하고 솔직하지 못한 것은 나의 잘못이 아니다. 친구의 성향이든, 나를 믿지 못한 것이든, 스스로 솔직해지는 연습을 하지 못한 것이든 그것은 친구가 자기 자신을 돌아보아야 할 일이다. 내가 자책할 일이 아니다.'

친구에게는 나의 마음을 담아 친구에게 맞는 것으로 선물을 보냈고 나의 말과 행동에 후회는 없다. 예전이었다면 내가 잘못한 것도 없으면서 전전긍긍 안절부절못했을 것이다. 잘못하지 않은 일에 사과하는 사람도 내가 되었을 것이다. 지금의 나는 눈치는 냉정하게 파악하고, 하고자 하는 것은 해야 하는 사람이 되었다.

눈치 보는 사람은 용기도, 줏대도 없고 반드시 주눅 들어 있어야 하는 것은 아니다. 눈치를 잘 보는 사람은 타인과 상황에 민감해서 '어떻게 하면 평화적인 분위기를 만들 수 있을까?'를 고민하며 애쓴다. 그렇다고 해서 내 의견이 없어도 되는 것도 아니다. 눈치 보면서 남에게 무조건 굽혀야 하고 귀가 얇아야 하는 것도 아니다. 평화적인 분위기가 되는 것은 좋지만, 그렇게 애써서 나 자신이 힘들어야 한다면? 나의 자존감이 바닥을 친다면? 그렇게 나 자신을 손상시키는 일을 굳이 해야 하는 걸까? 어째서? 너무 애쓸 필요 없다. 내가 당당하게 말한다고 해서 외부적으로 대단히 큰일이 일어나지는 않지만 한 번 한 번의 행동으로 내 마음은 조금 더 위로 받고 단단해질 것이다.

2. 타인에게 사랑받는 소통의 기술

어릴 적부터 나의 꿈은 안정적인 가정을 만드는 일이었다. 집에 오면 엄마가 있고, 엄마와 간식을 먹고 놀다가 퇴근한 아빠와 함께 밥을 먹는 것. 누군가에게는 특별한 것 없고, 누군가에게는 닿을 수 없을 것 같은 꿈이기도 할 그런 아름다운 꿈.

나는 학창 시절부터 연애를 안 하기로 유명했다. 사람이 없었던 것은 아니었다. 고백을 받아본 적이 없었던 것도 아니다. 아니, 오히려 의아할 정도로 고백을 꽤 받았다. 받아 주지 않자 여러 번 고백을 한 친구도 있었다. 나의 친구들은 이해하지 못했다. 도대체 왜 아무도 만나려 하지 않는 것인지 궁금해했다.

누군가를 만나 흔히 말하는 사랑놀이를 할 시간 따위 나에게 없다고 생각했다. 나의 머릿속은 '우리 집의 빚, 가족의 건강, 내가 하루빨리 잘되고 돈을 잘 벌어서 어떻게 하면 부모님의 걱정을 조금이라도 덜 수 있을까? 내가 잘 지켜갈 수 있을까?'에 대한 생각으로 가득 차 있었다. 고백 같은 게 눈에 들어올 리 없었다. 친구들에게 이야기해 줬지만 이해할 리 만무했다. 이해시키기를 포기했다.

대학에 들어가 내 마음의 문을 꾸준히 두드리던 사람이 있었다. 대학에서 연애하지 않겠다고 다짐했기에 나 또한 꾸준히 거절했다. 결국 포기한 것은 나였다. 그 사람과 한 번의 짧은 연애를 하고, 만난 시간의 몇 배의 시간을 홀로 지냈다.

사람을 남자로서 만나려 하지 않는다는 이유로 '남자 혐오증', '남자 기피증'이라는 소리를 허다하게 들어야 했다. 사람을 사람으로 만나면 되지, 왜 자꾸 남자로 만나라고 하는지 이해할 수 없었다. 인지하지 못했지만, 어릴 때의 상처가 있었기 때문이었다. 결혼과 가정에 대한 꿈은 있었지만, 쉽게 만나고 싶지는 않았다.

스스로 정한 나의 결혼 적령기인 28살이 지났다. 대학 동기들은 '네 남자친구가 태어나기는 했느냐?'며 놀려댔고, 친척들은 '28살에 결혼한다더니 어떻게 된 것이냐.'고 물어댔다. 28살이던 해에 나의 결혼 적령기를 32살로 바꿨다.

두 번째 나의 결혼 적령기가 돌아왔다. 내 옆에는 아무도 없었고, 첫 번째 결혼 적령기 때 들었던 이야기를 더 심하게 듣게 되었다. 이후 내 결혼 시기 목표는 34살이 되었다.

32살, 두 번째 결혼 적령기가 끝나갈 무렵, 내가 속해있던 봉사 단체에서 지나가듯 한 사람과 인사를 나누었다. 특별한 것 없는 인사였다. 그것이 내 인생을 바꾸게 될 거라는 것은 털끝만큼도 상상하지 못했다. 나의 마지막 결혼 적령기 34살에 그 사람과 나는 하나가 되었다. 이성으로 만난 지 5개월 만의 결혼이었다.

남편과는 한 해 정도 봉사 단체의 많은 행사를 함께 준비했다. 그럴 때마다 많은 회의와 행사 준비 과정에서 의견 조율이 필요한 일들도 많았다. 언성을 높이는 일은 없었지만, 불편한 이야기들을 해야 하는 경우도 있었다. 보통 그런 경우 대화가 통하지 않아 내가 화를 삭이고 끝나는 경우가 많은데, 남편과는 티키타카(잘 맞아 빠르게 주고받는 대화)가 되었다.

남편과 이성으로 보게 된 이후 알게 된 사실이지만, 남편은 내가 사람들을 잘 챙기고, 대화가 잘 통해서 좋았다고 한다. 그 이야기를 들으며 남편이 나를 마음에 둔 이유가 결국 나의 눈치 덕분이었다는 것을 깨달았다. 수년 동안 쌓아온 나의 눈치 내공으로 상대가 불편한 것은 무엇인지, 필요한 것은 무엇인지를 빠르게 알아채 도와주고, 진심으로 마음을 주고받은 덕이었다. 기분이 오묘했다. 오래도록 미워했던 나의 눈치가 나를 좋은 사람에게로 이끌어주다니, 고마운 일이 아닐 수 없다.

아이의 첫 생일을 맞아 돌상의 떡과 주변 사람들에게 나눌 돌떡을 고민해야 했다. 가족 돌잔치 떡을 준비하면서 직장 동료들에게 나눌 돌떡도 돌상 떡과 마찬가지로 심혈을 기울여 선택했다. 아이의 건강을 바라고 안부를 물어주며 축하를 보내준 마음에 보답하고 싶었기 때문이었다. 여러 군데 검색하고 통화를 한 결과 만족스러운 선택을 할 수 있었다. 넉넉하게 주문해서 남을 것이라 생각했던 나의 예상이 빗나갔다. 남편의 직장 동료에게만 돌리면 되는 줄 알았던 나의 생각과는 달리 협업하는 교수님과 학생들에게도 나누며 돌떡이 부족하게 되는 사태가 발생했다. 모두가 좋아해 주었다는 소식에 너무나 기뻤지만, '더 많이 주문할걸…….' 하는 아쉬움이 들었다.

며칠 뒤 남편과 식사를 하던 중에 돌떡을 드린 교수님이 경비실 앞에 종이가방을 두고 갔다는 이야기를 들었다. 종이가방에는 '○○○에게'라고 아이의 이름이 쓰여 있었다. 열어보

니 아이를 위한 두더지 교구 선물이 들어 있었다. 선물 안에는 교수님의 아이가 쓴 손 편지도 함께 있었다. 남편과 나는 눈을 동그랗게 뜨고 서로를 바라보았다. 너무나 놀랐다. 삐뚤빼뚤하게 정성과 따스함을 담은 편지는 한 번도 보지 못했던 아이를 너무나 사랑스럽게 만들었다. 아이의 진심이 전해져 감동은 배가 되었다. 나누고 내어주는 것에 진심을 다하면 그 이상의 따스함이 돌아온다는 것을 느꼈다.

누군가와 잘 지내고 싶다면 나의 눈치를 잘 성장시켜보자. 자신이 눈치가 없다는 생각이 든다면, 자신의 마음을 살피고 자신이 바라는 것은 무엇인지, 불편한 것은 무엇인지 적어 보길 바란다. 자신과 잘 지내지 못한다면 그 누구와도 잘 지낼 수 없다. 잘 지내는 듯 보여도 허울뿐인 관계이다. 나의 마음을 눈치챌 수 있게 되었다면, 상대의 마음을 살펴보자.

나는 카페에 앉아 창밖을 바라보며 '사람들이 어떤 생각을 하고, 어디를 가고, 어떤 마음일까?'를 종종 추측해 보았다. 사람들이 향하는 곧이 내 추측과 맞을 때도 있고, 전혀 다를 때도 있었다. 그러면서 '마음 알아보기 연습'을 자연스레 하였다. 이것은 결국 '눈치 연습'이기도 하다. '타인에게 사랑받는 소통의 기술'이란 결국 '센스 있게 눈치 보는 기술'이지 않을까.

3. 눈치로 상대방을 배려하라

'배려'라는 것은 무엇일까? 당신은 배려를 무엇이라고 생각하는가? 다음 문장으로 넘어가기 전에 잠시 눈을 감고 생각해 보기를 바란다.

어떤 이는 '상대방에게 친절한 것'으로 생각했을 것이다. 어떤 이는 '누군가를 도와주는 것', 어떤 이는 '무언가를 해주는 것', 어떤 이는 '상대방을 생각하는 것'이라고 떠올리기도 했을 것이다. '배려'를 설명하는 말은 정말 이게 전부일까?

내가 생각하는 배려는 비슷하면서도 다르다. 상대방을 생각하지만, 내 입장에서의 상대방이 아닌 그의 입장에서 생각한다는 점이 중요하다. 배려 받는 입장에서 받아들이고자 하는 정도의 차이를 고려해야 한다.

20대 시절, 같은 회사 여직원은 몸이 약한 편이었다. 힘들어하는 모습을 보면 내가 상태를 알아채고 소화제를 찾아 먹이고 마사지해 주거나 손을 따주기도 했다. 그 직원은 퇴사하면서 내가 챙겨준 것에 대해 진심으로 고맙다며 인사했다. 오래도록 아프다는 것은 눈치도 보이고 말하기도 민망스러운 일이다. 누군가 물어봐도 숨기고 싶을 때가 많다. 그렇게 고통스러울 때, 말 없는 도움이 안심과 배려로 이어졌을 것이다.

임신하고 나서 버스나 지하철 배려석의 존재가 얼마나 절실하고 고마운 자리임을 알게 되었다. 초기라서 티가 나지 않아 앉기 민망하다는 것만 빼면 정말 좋은 일이다. 임신했을 때 움직이는 버스와 지하철에서 서 있어야 한다는 것은 굉장히 고통스러운 일이다. 가만히 있어도 힘든 시간을 보내고 있는 것이 임산부이다. 임산부 배려석은 그런 임산부에게 한 줄기 빛과도 같았을 것이다. 휠체어석, 노약자석, 여성 안심 귀가 서비스도 마찬가지이다.

탯줄 하나로 연결되어 세상에 태어나 때로는 내가 태어난 이유를 고민할 때도 있었다. 세상을 배워가며 자식에게 가장 큰 축복은 좋은 부모의 존재임을 깨달았다. 결혼, 임신, 출산의 단계를 거치면서 나의 성장 자체가 수많은 사람의 배려 속에서 가능했음을 깨달았다.

나를 임신하고 나의 어머니는 많은 부분을 참아야 했을 것이다. 좋아하는 음식들을 먹지 못하고, 몸을 마음껏 움직이지 못하며 마음이 힘들기도 했을 것이다. 10개월. 편히 눕지도 앉지도 못하고 '배 속의 아이가 건강하게 잘 있을까? 불편한 곳은 없을까?' 전전긍긍 애를 태웠을 것이다. 하고 싶은 것도 할 수 없는 시간이었을 터.

나의 아버지는 그런 어머니를 챙기느라 많이 고민하고 함께 애태우며 어머니와 나를 지켜냈을 것이다. '어떻게 하면 부족함 없이 챙겨 줄 수 있을까?' 계속 옆에서 챙기고 싶었을 테지만, 경제적인 부분도 생각해야 했기에 안팎으로 더 많은 신경을 써야 했을 것이다. 나는 이미 배 속에서부터 그들의 보호를 받으며 자랐고, 덕분에 건강하게 세상 빛을 보게 되었다.

세상에 나와서는 어땠는가? 그때부터는 부모님의 눈치 싸움이 시작되었다. 더불어 나를 키워준 이모의 눈치 싸움이 되기도 했다. 나의 울음 한 번에 배가 고픈 것인지, 기저귀를 갈아달라는 것인지, 잠이 오는 건지, 아픈 건지. 수많은 가능성을 추측해야 했을 것이다. 추측이 맞는다는 보장도 없다. 나의 울음을 반복하여 학습된 데이터로 나를 배려해 주셨을 것이다. 학습된 데이터는 눈치가 되어 최적의 배려를 만들어내는 것이다.

최적의 눈치와 배려로 나의 성장을 지켜주신 부모님과 이모를 보며 인생의 길을 만들어 나갔고, 옳은 방향을 향해 나아갈 수 있게 되었다. 아버지는 언제나 새벽같이 일어나 집안을 정비하고 오랜 공직생활을 성실함으로 마무리하셨다. 퇴직 후, 가족을 위해 칠순을 눈앞에 둔 지금까지도 책임감으로 주중, 주말, 낮과 밤 할 것 없이 일하고 계신다. 어머니 또한 새벽같이 일어나 집안을 돌보고 오랜 시간 교육의 길을 걸으며 바른 인성과 배움을 외쳐 오셨다. IMF와 맞물려 힘들게 일을 마무리해야 했지만, 학생들이 한 번씩 연락이 올 정도로 마음을 쏟으셨다. 정리 후에는 가족의 건강과 안전을 위해 밤낮없이 신경써서 돌보고 계신다.

부모님은 가정 형편이 어려워 집이 경매에 넘어갈 때도, 단칸방에 살아야 했을 때도 우리 곁에 계셨다. 가족의 건강이 좋지 않아 많은 풍파가 생겼을 때도 우리를 지켜주셨다. 그러면서 나는 부모님께 받을 수 있는 배려는 오롯이 받았다. 배 속에서부터 말 못 하는 갓난아기일 때는 부모님의 눈치로 최적의 배려를 받았고, 성장하면서부터는 나의 눈치로 올바른 성장을 할 수 있는 가장 알맞은 배려를 받았다.

나는 오랫동안 쌓아온 눈치로 결혼 후에도 통역사의 역할을 한다. 얼마 전 아이를 친정 부모님께 부탁드리고, 남편과 건강검진을 했다. 2년 전 검진에서 괜찮다고 들었던 남편의 갑상샘 혹이 추가 검사를 해보아야 할 정도로 의미가 생겨버렸다. 추가 검사를 끝내고 아이를 데리러 친정에 갔더니 건강검진 결과를 물어보셨다. 아버지는 비슷한 상황의 지인이 특정 한의원에서 약을 지어 먹고 괜찮았다고 했다며 한의원을 가보라고 했고, 남편은 결과 나오는 것을 기다려 보겠다고 했다.

두 사람은 서로의 의견을 반복해서 이야기했고 그 줄다리기를 끝낸 것은 나의 정리였다. 아버지는 최대한 양약이 아닌 한방으로 치료했으면 하셨고, 남편은 양약에서 시키는 대로 하고 싶었던 것이다. 그렇게 정리 후 일단 결과 나오기 전까지 최대한 푹 쉬며 관리하고, 결과 나오면 다음에 다시 이야기 나누기로 하자는 나의 한마디로 어렵사리 이야기는 끝을 맺었다. 친정 부모님과 남편은 어떻게 알았냐며 신기해했다. 눈치는 의사소통에 굉장한 편리성을 선물해 주는 동시에 받아들이는 이들의 원활한 소통을 위한 배려가 된다.

남편과의 배려 일화는 몇 가지 더 있다. 내가 주방에 있을 때, 남편이 오는 것을 보고 컵을 내미는 경우가 종종 있었다. 남편이 주방에 물을 먹으러 오는 것만은 아니기에 내가 알아채고 물을 줄 때마다 남편은 "내가 물을 먹으러 오는 거 어떻게 알았어?"라며 고마워한다.

또 한 번은 김떡만(김말이, 떡, 만두)이라는 메뉴와 감자튀김을 하나의 포크로 먹고 있었다. 남편이 먹고 나서 내가 하나를 집어먹고 만두를 남편에게 먹여주었다. 남편이 받아먹으며 만두를 먹으려고 한 것을 어떻게 알았냐며 흠칫했다. 비밀은 남편의 행동에 있었다. 남편은 자신이 감자튀김을 먹고 나서 포크를 만두에 꽂아두었다. 나는 그것을 보고 눈치로 남편이 만두를 먹고 싶다고 추측했고, 나의 추측이 맞았다. 이렇듯 나는 매번 눈치로 남편이 필요한 부분을 챙겨주고, 남편은 나의 배려에 놀라움과 고마움을 느낀다.

나에게는 고등학교 시절부터 지금까지도 연락을 나누는 몇몇 친구가 있다. 그중 한 친구는 곁에서 보기에 평범한 가정에 가족 모두가 화목해 보이는 모습이었다. 안정적인 가정에 대한 결핍이 있었던 나는 친구가 그저 부럽기만 했다. 대학에 가고, 직장을 다니며, 결혼을 할 때도 그 친구는 내 옆에 있었다.

우리는 꾸준히 만났고, 많은 대화를 나누었다. 친구는 나보다 먼저 취업을 했고 결혼과 임신, 출산도 먼저 했다. 친구와 연락을 자주 나누었지만 어떤 고민이 있는지에 대한 이야기는 별로 나누지 못했다.

내가 결혼을 하고 나서야 친구는 자신의 결혼에 대한 이야기를 나에게 나누기 시작했다. 기혼자와 미혼자가 모이면 대화가 잘 통하지 않는다고 했다. 내가 임신하고 나자 자신이 임신했을 때의 이야기를 했다. 출산을 하고 아이를 돌보자 자신의 속 이야기를 더 많이 나누었다. 그제야 나는 친구가 그간 겪어온 시간들을 생각할 수 있었다. 친구가 겪고 있을 때는 내가 힘이 되어주지 못했는데, 내가 친구의 시간을 겪으면서 고민하는 나를 친구는 따뜻하게 감싸주고 있었다. 미안한 마음과 함께 고마운 마음이 커졌다. 자신이 이미 겪어냈으니 미리 아는 척하는 것이 아니라 같은 선상에 함께 하게 되었을 때 비로소 서로의 마음을 더 깊이 나누게 되었다. 친구는 우리의 관계를 위해 나를 배려하며 대화하고 있었던 것이다.

이솝 우화 중에 여우와 두루미 이야기가 있다. 어느 작은 마을에 여러 동물이 모여 살고 있었다. 그곳에는 사이좋은 두 친구 여우와 두루미가 있었는데, 어느 날 여우가 두루미를 저녁 식사에 초대했다. 두루미는 들뜬 마음으로 저녁 시간을 기다렸고, 약속 시간이 되자 조그만 선물을 준비해 여우네 집을 방문했다. 여우는 두루미를 반갑게 맞이하며 둥근 접시 두 개에 음식을 담아왔다. 부리가 긴 두루미는 그것을 도저히 먹을 수가 없었다. 결국 하나도 먹지 못하고 굶은 채 돌아온 두루미는 여우가 자신을 골탕 먹이려는 줄 알고 앙심을 품었다. 그리고 언젠가 똑같이 되갚아 줄 것을 다짐했다.

며칠이 지나고 두루미가 여우를 식사에 초대했다. 여우는 두루미의 식사에 초대받아 설레는 마음으로 두루미의 집을 찾았다. 두루미는 호리병에 음식을 담아 내왔다. 주둥이가 짧아 호리병 속의 음식을 먹을 수 없었던 여우는 화가 나 두루미에게 따지지만, 두루미의 반문을 듣고 아무 말도 할 수 없었다.

여우 : 넌 내 입이 짧은 줄 알면서 왜 긴 병에다 음식을 담아 놓았니?

두루미 : 그럼 넌 내 부리가 긴 줄 알면서 왜 접시에다 음식을 준비했니?

(내용 참고: 나무위키)

여우는 두루미를 골탕 먹이려고 했던 행동이 아니었다. 좋은 마음을 가지고 호의를 베풀었지만, 두루미를 제대로 배려하지 못했다.

배려라는 것은 눈치가 없으면 할 수 없는 것이다. 상대방을 마주 보고 함께 걸으며 상대방의 상황을 충분히 이해하고 그의 입장에 서고 나서야 최적의 배려를 할 수 있다. 나의 최적의 배려는 분명 다시금 나에 대한 배려로 되돌아올 것이다. 그것을 확신하고 눈치 있게 배려하자.

4. 센스 있는 말 한마디가 나를 지킨다

'가는 말이 고와야 오는 말이 곱다.', '말 한마디에 천 냥 빚도 갚는다.' 등. 말의 중요성을 엿볼 수 있는 우리 선조의 속담은 매우 많다. 우리 선조들은 왜 이렇게 말의 중요성을 나타내는 속담을 많이 써온 것일까. 오랜 경험을 통한 생활의 지혜가 아니었을까?

나는 친구들 사이에서도 애교 없기로 유명했다. 친구가 오죽하면 남자를 만날 때는 꼭 술을 마시고 만나라고 말할 정도였다. 술을 마시지 않으면 나에게 애교 세포 따위는 볼 수 없었다. 지금도 애교와는 거리가 먼 편이다.

책을 읽고 글을 쓰면서 애교도 없고, 말하는 것도 투박한 나를 발견했다. 나의 마음을 들여다보고, 나의 상처를 어루만지며, 나의 마음을 부드럽고 예쁘게 표현하는 연습을 해왔다. 그러면서 기분 나쁘지 않게 물건을 교환하고, 환불받기도 하는 내가 되었다.

어느 날, 남편을 만났고, 남편은 표현하는 것에 있어 나로서는 도저히 따라가지 못하는 사람이라는 것을 알게 되었다. 표현에 거침이 없는 모습을 보면서 남녀가 바뀐 것 같을 정도였다. 아무런 사이가 아닌데도 통화를 시작할 때 '존경하는 ○○○', '착하고 멋진 ○○○'라는 식으로 부를 정도였다.

무뚝뚝하기로 제일가는 경상도 여자인 나에게는 충격이었다. 내 주위에 이 정도로 살가운 남자는 없었다. 이상한 사람이라고 생각했다. '나에게 살가운 사람이 좀 되라고 욕하는 건가?' 싶을 때도 있었다. 알고 보니 그냥 정 많고 표현에 인색하지 않은 사람이었다. 그러다 보니 상의할 일이 있으면 항상 원활하게 마무리되었다. 나는 남편 덕분에 조금씩 더 표현하려고 노력했다.

결혼을 결정하고 시집에 인사를 드리러 가면서 모든 의문이 풀렸다. 표현을 잘하는 것은 유전이고 가풍 같은 것이었다. 시아버지와 아주버님의 표현을 처음 겪은 나는 어지러워 멀미가 날 지경이었다. 더없이 소중한 사람이 된 것 같은 기분에 한동안 하늘을 나는 기분으로 생활했던 것 같다. 좋은 말이 사람의 기분과 분위기를 오래도록 좋게 유지시킬 수 있다는 것에 놀랐다.

신혼집을 구하고, 리모델링을 시작했다. 코로나가 극심할 때라 공사가 늦어졌다. 남편이 오가며 일하시는 분들 음료수도 챙겨드리고 진행 상황을 나에게도 알려주었다. 하루는 남편이 난감해하며 리모델링 회사로 함께 가 달라고 부탁했다. 시간이 촉박하여 이동하며 이야기를 들었다. 기존에 요청한 대로 진행이 되지 않았다고 했다. 업체 측에서 페인트 색을 잘못 칠하는 실수가 있었다. 남편이 인지하고 물어보니, 우리 집은 아이보리색을 원했지만 비슷한 시기에 공사를 하던 다른 집이 하얀색으로 하면서 실수로 똑같이 희게 칠해버렸다고 했다. 문제는 여기부터다. 잘못 칠해서 죄송하지만, 다시 칠하게 되면 비용이 많이 들어가서 양해를 좀 해주시면 현관문 래핑과 타일을 교체해 주겠다고 했다고 한다. 이 시점에서 질문을 넘기고 싶다. 과연 당신이라면 어떻게 했을까. 굳이 다시 아이보리색으로 칠해달라고 할 것인가. 업체도 다시 칠하기 힘들 텐데 그냥 현관 단장하는 서비스를 받고 하얀색으로 살아갈 것인가.

나는 일단 회사로 들어가 사장님과 웃는 얼굴로 인사를 나눴다. 이야기는 금세 본론으로 들어갔다. 업체 사장님은 이야기를 이미 현관 단장하는 것으로 정하고 진행하셨다. 소장님의 이야기를 모두 진지하게 듣고 나서, 해야 할 말을 꺼냈다.

"사장님께서 신경을 많이 써주신다고 들었습니다. 정말 감사드려요. 통화로만 이야기 나누다가 이렇게 만나니까 반갑네요. 제가 페인트 색에 대한 전반적인 이야기는 오면서 들었습니다만, 저희는 완전히 하얀색은 부담스러워서 아이보리로 부탁드렸던 거였어요. 현관 단장은 아쉽지만, 페인트 색을 다시 칠해주는 것으로 해주실 순 없으실까요?"

결과는 어떻게 되었을까? 부드럽게 이야기하니 더 이상 다른 이야기 없이 알겠다고 해주셨고, 지금 우리 집 페인트 색은 아이보리색이다. 업체의 잘못이었으니까 호통을 치면서 해달라고 해도 할 수는 있었을 것이다. 하지만 서로 기분 좋게 마무리할 수 있는 일을 굳이 마음 상하면서 힘들게 해결할 필요가 있을까?

내가 진정으로 원하는 것이 있다면 상대를 기분 나쁘게 해서는 오롯이 얻어낼 수 없다. 억지를 부려서 작은 사탕 하나 받아내는 일은 아기 때나 하던 일이다. 바라기만 하지 말고 흐름을 나에게로 가지고 올 센스 있는 대화를 위해서 어떻게 해야

할까를 고민해야 한다.

좋은 말을 듣고 싶어 하면서 정작 나는 듣기 싫은 말을 하고 있지는 않은가? 웃는 얼굴에 침 못 뱉는 법이고, 말 한마디에 천 냥 빚도 갚는다. 내가 좋은 말을 듣고자 한다면, '나는 어떻게 말하고 있는지?'를 생각해 보아야 한다. 물론 예쁘게 말하는 것이 쉬운 일은 아니다. 무뚝뚝하게 표현하기가 둘째가라면 서러웠던 내가 누구보다도 잘 안다. 하지만 한 번이 두 번 되고, 두 번이 세 번 된다. 나쁜 말을 뱉는다면 그 말로써 나빠지는 대상은 상대가 아닌 내가 된다. 내 마음속에는 나쁜 말이 돌고 돌아 부정적인 기운으로 가득 차게 된다. 내 입에서 나가는 모든 말이 나를 어떤 길로 이끌지 결정하게 될 것이다. 그 길이 이왕이면 꽃길이었으면 한다.

5. 내 감정은 다치지 않으면서 무례함에 대처하는 법

성인이 되고 사회생활을 하면서 온갖 종류의 불쾌한 감정을 경험했다. 이간질하는 친구, 일 처리는 못하면서 의욕 없는 후배, 우유부단하면서 잘못을 떠넘기는 상사, 성희롱을 일삼는 사장 등. 뭐 이런 사람들이 다 있나 싶을 정도의 별별 일들이 있었다. 그 시간을 버티며 깨달은 것은 무심코 던진 돌에 맞아도 상처 입지 않는 정신력 관리법(멘탈 관리법)이다.

한 해를 마무리하며 직장에서 연말 회식을 했다. 뷔페를 먹을 수 있는 장소를 빌려 진행이 되었고, 행사 진행을 하는 곳이라 그런지 낮은 무대 느낌의 단상이 있는 홀이었다. 갓 입사한 직원이었던 나는 회식 장소에 들어서면서부터 기분 좋은 설렘을 안고 선배들과 예쁜 구도에서 사진 찍기에 여념이 없었다. 음식은 맛있었고, 디저트는 예쁘기까지 했다. 회식이라면 치를 떠는 평범한 직장인이었던 나조차도 '이런 회식이라면 괜찮은데?'라는 생각을 하게 만드는 자리였다. 물론 착각이었음을 깨닫기까지는 그리 오래 걸리지 않았다.

배는 부르고, 배가 쉬이 꺼지지 않겠다고 생각할 때였다. 한 해 동안의 추억이 스크린을 메웠고, 퀴즈를 통한 선물 증정식도 있었다. 한 사람, 두 사람 술에 취해갔고, 음악이 홀을 가득 채웠다. 선배가 노래를 불렀고, 직급이 낮았던 우리는 모두 앞에 나가 함께 리듬을 탔다. 할 줄 몰라도, 하고 싶지 않아도 해야 하는 분위기였다. 나 또한 그렇게 다른 선배들과 함께 어색하게 서 있었다. 갑자기 내 손목이 낚아채졌다.

무슨 상황인지 파악이 되지 않았다. 인지하고 보니 나는 노래를 부르던 선배의 손에 이끌려 이리저리 끌려다니고 있었다. 다른 선배들에게 도움의 눈길을 보내도 소용없었다. '저 선배 또 저러네. 저러고 또 기억 못 한다고 하겠지.'라고 하는 듯한 눈빛들만 서로 나누고 있었다. 이끌려 다니다 계단 같은 턱에 여러 번 걸려 넘어질 뻔했다. 발목은 접질렸고, 손목도 아팠다. 누구도 나의 아픔에 시선을 두지 않았다. 서운함이 잠시 스치며, 나를 도와줄 사람은 아무도 없다는 생각에 좌절감이 몰아쳤다. 그와 동시에 이 상황은 나만이 벗어날 수 있다는 것을 깨달았다.

타이밍을 엿보다 필사적으로 뿌리쳤다. 다시는 낚아채지지 않겠노라 집중하며 긴장을 늦출 수 없었다. 그렇게 회식이 빨리 끝나기만을 바랐다. 집으로 향하는 길, 나는 감당할 수 없는 두려움과 모멸감에 터져 나오는 울음을 속으로 삼켜야 했다. 울음이 터져 나왔던 이유는 나의 손목을 낚아챈 선배 때문만이 아니었다. 챙겨준답시고 한마디씩 얹어대던 사람들이 정작 불편한 상황이 되자 자기 일이 아니라고 모르쇠로 일관했다. 혼자서 필사적으로 뿌리쳐 빠져나오고 나서야 "저 선배 또 왜 저래~ 놀랐지? 괜찮은 거야?"라는 식의 어쭙잖은 위로를 건네는 모습에 진저리가 났다.

'나는 왜 그런 상황에 혼자 던져져야만 했을까? 도대체 내가 무얼 그리 잘못한 걸까? 내가 가볍게 보인 걸까? 내 행동 어디가 그 선배를 그렇게 행동하게 했을까? 왜 아무도 나를 도와주지 않은 것일까? 내가 사람들에게 밉보였던 걸까?'

수많은 자책의 화살이 나에게 질문했다. 하나하나 피하지 않고, 무너지지 않으려 노력하며 질문에 답해갔다. 질문의 끝에서 나는 나를 잘 지켜냈다. 결론은 '나는 잘못한 것이 없었다.'는 것이다. 가볍게 보이지도, 밉보이지도 않았다. 하루하루 최선을 다해 일했고, 사람들과의 관계에서도 밉보일 일은 없었다.

단지 그 선배는 그런 사람이었고, 그런 사람의 행동에 다른 사람들은 이미 익숙해져 있었다. 그저 둔감해졌고, 일상이 되어 버렸다. 그들의 입장에서 입사한 지 얼마 안 된 나는 걸리버 여행기에서의 걸리버처럼 이상하고 별난 사람이었다. 실상은 올바른 생각을 가진 특별한 사람일 뿐인데 말이다. 모든 답을 내리고 나니 마음이 가벼워졌다.

누군가의 무례를 자기 잘못이라고 스스로에게 화살을 쏘아대지 말자. 한 번 한 번 질문을 던지다 보면 결국 나의 잘못이 아니라는 것을 깨닫게 될 것이다. 그저 사람들은 때때로 자신도 알아차리지 못하는 사이에 무례한 생각과 무례한 행동을 저지른다.

처음에는 무례하다고 인식하던 사람들도 어느 순간 무뎌져 무엇이 잘못인지도 모른다. 하지만 모른다고 해서 잘못이 없는 것은 아니다. 모른다고 해서 다른 이에게 상처를 줘도 되는 것은 더더욱 아니다. 그런 무지한 사람들의 무례함에 굳이 자신을 탓할 필요도, 후회할 필요도 없다는 것이다. 상대의 무례함에 감정은 지우고 솔직함은 채워라. 무례한 그들은 각자가 자신을 돌아보아야 할 문제이고, 나는 나의 마음을 잘 다독여 지켜 가면 된다.

6. 자존감 탄력성으로 회복탄력성 레벨을 키워라

'회복탄력성'이라는 단어를 아는가? 위키 백과를 보면, "크고 작은 다양한 역경과 시련과 실패에 대한 인식을 도약의 발판으로 삼아 더 높이 뛰어오르는 마음의 근력을 의미하며, 우리나라에서는 2014년 이후에 본격적인 연구가 이루어졌음"을 확인할 수 있다. "실패는 성공의 어머니"라는 말도 회복탄력성의 일환이다. 고난, 시련, 역경, 실패 등을 경험하면서 좌절하는 것이 아니라 오히려 이겨내는 힘이 향상되는 것. 바로 이것이 '회복탄력성'이다.

나는 우리 집이 가난한 것이 싫었다. 돈이 없는 것이 부끄러웠다. 집이 경매에 넘어가서 집도 절도 없이 눈칫밥을 먹어야 하는 것도 싫었다. 부모님이 고개를 숙여야 하는 것도, 고기 한 번 먹으려면 친척들에게 빌붙어야 하는 것도 싫었다. 그래서 돈이나 가정 형편에 대한 이야기가 나오면 언제나 피하기 바빴다. 어느 순간 나의 마음은 곪을 대로 곪아 있다는 것을 깨달았다. 깨닫고 나니 더 피하고 싶었다. 겨우 마주하고 나면 누가 톡 건드리기만 해도 눈물이 났다. 그런 나도 세상에 나와 이것저것 경험하다 보니 뻔뻔해졌다.

"우리가 잘못을 저질러서 돈이 없는 것도 아닌데, 내가 왜 부끄러워야 하는 거지?"

어느 순간 당당함을 장착했다. 나의 일에 쉽게 왈가왈부하던 누군가가 나에게 말했다.

"야~ 네가 뭘 하겠어~ 그냥 취집(취업 대신 결혼)이나 잘해~"

당당함을 장착하기 전에는 그의 말에 'KO 패' 당하기 일쑤였다. 주눅이 들어 대꾸조차 하지 못했다. 하지만 한 발짝씩 착실하게 향상하고 당당함을 장착한 나는 그때의 내가 아니었다. 또다시 뱉어내는 그 사람의 독설에 보기 좋게 되받아쳤다.

"걱정하지 마! 내가 알아서 잘할게!"

그날 이후 나는 정말로 취직도 잘하고, 좋은 사람과 결혼해서 예쁜 아이와 행복하게 잘 살아가고 있다. 아이를 임신하고 출산하면서 내가 작은 생명을 키워야 한다는 사실에 모든 것이 두려웠다. 나와 남편이 함께 평생을 지켜가야 하는 작은 아이. 말로 다 할 수 없을 정도로 예쁘고 사랑스러워서 더 겁이 났다. 내 한 몸도 건사하기 힘든데, 이런 내가 과연 해낼 수 있을까? 역시나 시시때때로 많은 일들이 생겼다.

신생아는 식도를 둘러싼 근육의 발달이 미숙한 탓에 소화기관이 발달하기 전까지 많이 게워낸다고 한다. 신생아가 모두 그렇긴 하지만, 첫아이였던 탓에 뭘 잘 몰라서 그랬을까? 우리 아이가 조리원에서부터 유독 많이 게워내는 것처럼 느껴졌다.

어떨 땐 아이가 뒤로 넘어갈 듯이 울면서 왈칵 게워낸 일이 있었다. 산모복 상·하의를 모두 갈아입어야 할 정도라서 간호사가 아이를 바로 신생아 실로 데려갔다. 나는 놀란 마음에 남편한테 울면서 전화했다. 겨우 울음을 그치고 나서야, '그래도 조리원에서 겪지 못하고 집에서 처음 겪었으면 더 놀랐을 것 같다.'라고 말하며 남편을 안심시켰지만, 발걸음을 돌리지 못하고 신생아실 유리창에 붙어 아이가 괜찮은지 한참을 서서 살펴보았다.

아이와 함께 집으로 돌아와서는 더 심했다. 보통은 산후 도우미의 도움을 받는 경우가 많지만, 나는 아무도 없었기 때문에 걱정이 많았다. '아이가 아픈 건 아닐까? 아픈데 내가 알아차리지 못하는 것은 아닐까?' 하는 생각이 가득했다. 조금만 많이 게워도 전전긍긍하고 눈물부터 나기 일쑤였다. 한동안 걱정되는 마음에 조리원 간호 실장님과도 자주 통화했다. 안정과 도움을 주신 간호 실장님께 감사한 마음이다.

하루는 밤 11시쯤이 되었을까. 남편은 야근으로 귀가도 하지 못한 상태였다. 수유를 하고 트림을 시키는데, 코와 입에서 왈칵 분수처럼 토를 했다. 조리원에서 게운 것보다 더 많이 한 것처럼 느껴졌다. 아이가 집이 떠나가라 우는데, 심장이 내려앉듯 무섭고 어쩔 줄을 몰라 울면서 남편한테 전화했다. 회사와 집이 가까웠던 덕분에 남편이 집에 와서 함께 목욕시키고 이불 등의 정리도 함께해 주었다.

"나 때문에 아이가 아픈 건 아닐까? 내가 무얼 잘못 먹고 모유 수유해서 괴롭게 분수토를 한 것은 아닐까? 내가 제대로 케어하지 못한 부분이 있었던 것은 아닐까?"

걱정이 꼬리에 꼬리를 물었다. 겁이 나고 두렵고 무서웠다. '남편이 바로 와 주지 않았다면 혼자서 어떻게 했을까?' 당시의 내 모습이 떠오르면 지금도 가슴이 두근거린다.

그런 시간을 보내며 나는 조금씩 성장해가고 있었다. 아이가 만 10개월쯤 되었을 때다. 남편과 볼일을 보고 들어왔을 때, 친정엄마가 이유식을 먹여주고 계셨다. 아이가 식사에 집중할 수 있도록 남편과 거실에 앉았다. 갑자기 아이가 왈칵 토하는 소리에 남편이 사색이 되어 주방으로 뛰어 들어가려고 했다. 내가 급하게 붙잡으니 "게우는 소리 못 들었어?, 게웠다, 게웠다고!"라며 반복했다. 나도 아이가 걱정되고, 상태를 보고 싶은 마음은 굴뚝같았다. 일단 차분하게 남편을 진정시켰다. "게우는 소리는 들었지만, 우리가 놀라서 들어가면 자신이 잘못된 행동을 한 줄 알고 놀라서 울 거야."라고 말했다. 그 이야기를 듣고 남편이 멈칫하고 잠시 생각하더니 "오~ 우리 와이프 멋있네?"라며 다시 앉았다.

아이가 이유식을 다 먹었다는 소리에 우리는 얼른 들어가 보았다. 알고 보니 아이는 게운 것이 아니라 구역 반사를 한 것이었다. 남편은 멋쩍어하며 "게운 게 아니었네."라고 했다. 예전 같았으면 내가 더 놀라서 울먹거리며 아이에게로 달려갔을 것이다. 아이가 커가는 동안 아이가 바르게 자랄 수 있도록 하는 나의 탄력성이 조금은 향상된 것 같다.

임신과 출산을 경험하며 모든 초점이 아이에게 향했다. 바라던 시기에 적절하게 우리에게 찾아와준 아이가 소중하고 고마웠다. 하지만 코로나19 시기에 라푼젤처럼 집에만 있어야 하는 것이 답답했다. 처음 경험하는 육아 세계도 어렵고 힘들었다. 호르몬의 영향도 있었을 것이다. 아이의 모습에 마냥 예쁘고 행복하면서도 답답하고 힘들어서 나라는 존재가 옅어지는 느낌이 들었다. 그런 때에 감사하게도 다양한 책을 읽고, 글을 쓰고, 책을 쓸 기회가 생겼다. 그러면서 나라는 사람에 대해 좀 더 깊이 있게 알아갈 수 있었다. 나는 매일 조금씩 성장하고 있다.

나를 바라보는 것도, 마주하는 것도, 나에 대해 알아가는 것도 어렵고 힘들었다. 그렇지만 포기하지 않았다. 음악, 영화, 드라마, 책, 글쓰기 등을 통해 끊임없이 나 자신을 어루만져갔다. 그 과정을 겪으며, 나는 나를 찾고 마주할 수 있었다. 나는 이것을 회복탄력성에 빗대어 '자존감 탄력성'이라고 부르기로 했다. '자존감 탄력성'은 '여러 다양한 요건이나 환경을 통해 자존감 향상을 이루어 가는 자존감 근력'이다. 내가 그랬던 것처럼 하루하루 자존감 탄력성을 향상하여 나 자신을 누구보다 감싸줄 수 있는 하루하루가 되었으면 한다.

7. 셀프 칭찬이 당당한 나로 살게 한다

'칭찬은 고래도 춤추게 한다.'라고 했던가. 칭찬의 힘에 대한 실험은 여러 가지가 있다. 그중에 물에 대한 실험이 유명하다. 물을 양쪽으로 나누어 담는다. 한쪽에는 칭찬을, 한쪽에는 부정적인 말을 한다. 칭찬을 들은 물은 맑아지고, 부정적인 말을 들은 물은 쉰내가 진동하면서 썩어 들어간다.

식물도 마찬가지이다. 똑같은 조건으로 씨앗을 양쪽에 심는다. 한쪽에는 칭찬과 사랑을 속삭이고 다른 한쪽에는 욕설과 원망의 말을 쏟아붓는다. 식물들은 과연 어떻게 되었을까? 욕설과 원망의 말을 들은 식물은 싹을 틔우지도 못한 채 말라버렸고, 칭찬과 사랑의 속삭임을 들은 식물은 금세 싹이 트고 쑥쑥 자라난다.

어떤 이는 꾸중을 들으면 정신이 번쩍 들어 잘하지 못하는 것도 완벽하게 해낼 수 있게 된다고 말한다. 나는 오히려 반대였다. 소극적인 성격 탓인지, 낮은 자존감 때문이었는지는 잘 모르겠다. 핀잔이나 꾸중을 들으면 잘해가던 것도 실수하기 일쑤였다. 그런 나를 투영하면서 최대한 남들을 칭찬하려고 노력하였으나, 그 칭찬을 다시 돌려받기란 어려웠다.

대학교에서 만난 한 언니는 나에게 이런 말을 했다.

"분명 웃고 있는 것 같은데, 눈에 눈물이 보이는 것 같다."

아닌 척했지만, 언니의 눈은 정확했다. 당시의 나는 웃음 뒤에 나를 감췄다. 제이레빗의 〈웃으며 넘길래〉라는 노래를 들으며 '나의 노래'라고 생각했다.

"가끔은 뭐 하나 되는 일이 없고 한없이 작아지고 주저앉고 싶어도……. 하지만 단 한 가지 나에겐 꿈이 있다네. 힘들다 뭐래도 난 그냥 웃으며 넘길래. 세상을 모른다 해도 아직 많은 길이 남았대도 내 가슴이 뛰네. 언제나 그렇듯……. 웃으며 넘길래."

때로는 이유도 없이 웃는 나를 이상하게 보기도 했다. 나를 깊이 있게 알지 못하는 사람이라면 당연한 일이다. 하지만 그런 말도 있지 않은가? "웃으면 복이 온다."라고. 웃음은 버릇이 되고, 버릇이 된 웃음은 곧이어 내가 되었다.

가족의 건강 문제로 초등학교 1, 2학년쯤 홀로 남겨졌을 때는 멋모르고 웃었다. 학교에서 쓰러져 아무런 의욕도 없이 누워 있었을 때도 애써 웃었다. 집이 경매에 넘어가 어디론가 가야 했을 때도 그저 웃었다. 가족이 함께 단칸방에 있을 상황이 되지 않아 가게 2층 나무판자에서 잠들어야 했을 때도 나는 부모님께 괜찮다며 웃었다.

'웃고 있으면 언젠가 좋아지지 않을까?' 하는 막연한 생각이 들었다. 어려운 일임에도 웃으며 견뎌 내는 나 자신이 대견했다. 고마웠다. 그래서 남에게만 하던 격려를, 돌아오지 않던 칭찬을 나 스스로에게 조금씩 연습해 보기로 했다. 이미 뿌리 깊이 박힌 나 자신에 대한 불신과 자책으로 인해 고작 연습을 시작했을 뿐인데도 마음이 거북했다. 낯간지러워서 입으로 내뱉는 것이 어렵기도 했다. 고민한 끝에 단순한 사실만을 두고 조금씩 접근하기로 했다.

"나 아침에 잘 못 일어나는데, 잘 일어났네."

"오늘 수업 지겨웠는데, 안 졸고 끝까지 들었네. 잘했어."

"자신을 스스로 칭찬하는 것이 어렵지? 그래도 하려고 노력해 줘서 고마워."

"오늘 하루도 웃는 모습으로 지내줘서 고마워. 고생했네."

처음이 힘들지, 한 번 하고 나니 두 번, 세 번은 또 할 수 있게 되었다. 나 스스로 격려하고 칭찬하면서 깨달은 점이 있다. 바로 사람은 생각보다 칭찬할 구석이 많다는 것이다. 그 많은 칭찬 중에서 골라잡아 상기하면 된다. 그리고 무엇보다 중요한 점은 '나'를 잊지 말아야 한다는 것이다.

"내가 나라서 좋아. 내가 나로서 살아갈 수 있음에 감사해."

내가 하는 칭찬의 최종 목표이자 가장 중요한 점은 바로 이것이다. 내가 나인 것이 좋아지니 행동에 망설임이 없어졌다. 많은 어려운 문제가 산적해 있어도 반드시 해낼 수 있을 것만 같았다.

'셀프 칭찬'은 결혼과 출산을 겪으며 더 빛을 발했다. 혼자인 삶을 살다가 결혼하고 보니 많은 것을 챙겨가야 했다. 양가 부모님을 함께 생각해야 했고, 남편과의 돈독한 관계도 그저 만들어지는 것이 아니었다.

임신하고 보니 호르몬이라는 녀석은 그동안 잘해오던 '자존감 탄력성' 연습을 수포로 만들어 버리기 일쑤였다. 출산하고 보니 내 몸도, 마음도 하고 싶은 대로 되는 것은 단 하나도 없었다. 배가 고파도 끼니를 챙기기 힘들었다. 화장실에 가고 싶어도 마음 편히 가기 어려웠다. 화장실 한 번 가는 것이 어려우니, 물 마시는 것조차 꺼려졌다. 물을 마시는 양이 줄어드니 피부는 날이 갈수록 건조해졌고, 임신 전의 나의 모습은 온데간데없었다. 외출도 마음대로 할 수 없었고, 우울감은 그 새를 파고들어 매섭게도 찾아왔다. 괴로운 마음이 흐르면서 '더는 내 마음을 좀먹는 채로 살아갈 수는 없다.'는 생각이 들었다. '셀프 칭찬'을 처음 연습하던 때로 돌아가기로 했다. 하나하나 다시 시작했다.

"다들 나에게 이 작은 몸으로 모유 수유하느냐고 의아하게 묻지만, 먹성 좋은 우리 아가가 잘 먹고 있어. 뿌듯해."

"요새는 자연분만하고 싶어도 잘 못하는데, 나는 자연분만을 해냈어. 심지어 진통도 오래 하지 않고 잘 낳았어. 아가도, 나도 정말 잘했어."

"출산한 것치곤 살이 많이 찐 것도 아니고, 몸매도 나름 괜찮은 것 같은데?"

"아이를 낳는다는 것은 정말 믿을 수 없이 굉장한 일이야. 내가 한 생명을 건강하게 낳았어. 우리 아이가 이 세상에 태어났어."

"아이를 낳았다고 해서 바뀌는 건 없어. 내가 나라는 것은 달라지지 않아. 나라는 사람은 멋진 사람이야. 그냥 내가 좋아. 내가 나라서 행복해."

이렇게 말하다 보니 자신감이 차오르고 있었다. 조용하던 목소리에 힘이 들어갔다. 왠지 몸도 더 빨리 회복되는 것 같았다. 이렇게 나는 다시금 '나'로서 빛을 내고 있었다.

아이의 돌잔치 이후 찾아온 명절에 남편과 시집을 방문했다. 아이는 친정에 맡기고 막히는 도로를 뚫고 달렸다. 남편과 짜 두었던 계획을 추진하기 위해서였다. 노래를 좋아하는 시아버지를 모시고 노래방에 갈 계획을 세웠다. 차례를 지내고, 정리와 식사까지 마치고 나서 노래방에 가기 위해서는 나의 역할이 중요했다. 평소 준비 시간이 오래 걸리고, 정리 시간은 빨라야 2시간이 걸리는 집이라 최소 한두 시간은 줄여야 우리가 계획한 것을 모두 이룰 수 있었다. 남편은 나에게 "한번 해 봐. 우리도 빠르게 하는 거라서 시간 줄이는 것이 쉽지 않을걸."이라고 했다. 하지만 내가 시간을 줄이지 못한다면 시아버지를 기쁘게 해드리기 위한 계획은 수포로 돌아가고 우리는 씁쓸하게 고속도로를 타야 하는 상황이었다.

나는 도착하자마자 상황을 파악했다. 아직 밥솥에 올라가지 않은 밥을 확인했다. 내가 급하게 상황 파악을 하니 아주버님이 밥을 안쳐주셨다. 도움을 받아 제기에 올릴 음식들을 방으로 들였고, 준비된 제기에 음식을 올렸다. 올린 음식에서 나온 비닐과 포장 팩 등은 빠르게 쓰레기봉투에 담았다. 남은 음식들은 밖으로 옮겼다. 차례를 지내기 위한 준비는 모두 끝났다. 시간을 보던 남편은 20분 정도 줄인 것 같다고 했고, 나는 뿌듯했다. 밥이 다 되기를 기다리던 아주버님은 쉬고 있는 우릴 보며 놀랐다. 전에는 준비 시작할 때 밥을 안치면 비슷하게 끝나거나 밥이 먼저 되는데, 빨리 끝났다며 신기해하면서도 난감해 했다.

차례를 지내는 사이 모두가 속으로 시어머니께 이야기를 건네었다. 나는 차례가 모두 끝나고 나서도 시어머니 생각에 잠깐 동안 멍하니 있었다. 초를 끄고, 시아버지와 아주버님이 잠깐 바깥에 나가셨다. 남편과 이야기를 하다 보니 정신이 차려졌다. 다시 내가 각성해야 할 때였다. 냉동실에 넣을 음식을 위한 지퍼백과 냉장실에 두고 먹을 반찬통들을 줄 세웠다. 여느 때와 같이 시아버지는 생선을 자르기 위해 도마 앞에 앉았고, 썰어진 생선을 담기 위해 기다리던 남편 대신 내가 지퍼백을 잡았다. 남편은 자르지 않아도 되는 전 등을 반찬통과 지퍼백에 담고 과일을 정리했다. 나는 생선을 자를 수 있게 상에서 내리고, 지퍼백에도 담아 정리해갔다. 지퍼백과 반찬통에 다 담은 것은 빠르게 냉장실와 냉동실에 정리해 넣고 점심으로 먹을 것은 접시에 따로 담았다. 쓰레기는 준비할 때 썼던 봉투를 가져와 바로 담았다. 나는 친정집에서 하던 스피드와 페이스대로 했을 뿐인데, 시아버지가 한마디 하셨다.

"세화야, 천천히 좀 해라."

시아버지의 말씀에 "급하게 하는 건 아닌데 너무 빠른가요? 하하!"라고 말하며 같이 웃었다. 모든 정리가 마무리된 것은 11시 30분 언저리. 목표한 시간보다 30분이 당겨졌다. 총 걸린 시간은 30~40분 정도. 절대 불가능하다고 말했던 남편은 "이게 가능하다니……."라고 말하며 놀랐다. 점심을 먹고 우리는 노래방으로 향했다. 시간 안에 노래방으로 향했다는 것 자체가 일단은 성공이었지만, '노래방에서 어떻게 하면 즐겁게 같이 놀 수 있을까?'에 대한 문제가 남았다. 알코올이 들어가야 흥이 나고 노래가 나오는 시아버지는 시작할 기미가 보이지 않았다. 용기 내어 내가 먼저 스타트를 끊었다. 중간 정도 템포의 노래로 코로나 이전에 노래방을 다닐 때는 곧잘 부르던 노래였다. 그런데 웬걸? 내가 이렇게 노래를 못 불렀던가……. 잘 부르는 것은 아니었지만, 그렇다고 이 정도는 아니었는데……. 너무나 큰 충격이었다. 음이 올라가지 않았다. 목소리도 이상했다. 쉰 것 같기도 하고 갈라져 나오는 것 같았다. 그렇지만 여기서 그만둘 수는 없었다. 노래 잘 부르는 것을 보여주러 온 것이 아니었다. 즐겁게 놀자고 간 것이었다. 흥을 올릴 사람은 나밖에 없었다. 잘 나오지 않는 목소리라도 무조건 신나게 불러댔다. 목소리가 올라가지 않아도 열심히 불렀다.

“아~ 아~”

“아~ 목소리가 안 나온다!”

“아~ 왜 이러지?”

“전에는 잘 됐는데 왜 이런 거지? 당황스럽네?”

내가 이런 이야기를 하면서도 계속 소리를 지르고 흥을 올리며 신나게 부르니 아주버님은 “나이 먹고 애 낳고 육아도 하느라 몇 년이 지났는데, 어떻게 전과 같겠느냐.”며 위로해 주셨다. ‘목이 풀리면 잘 나오겠지. 즐거운 게 중요한 것 아니겠어? 이 정도면 잘 하고 있는 거지!’라는 생각으로 신나게 즐기며 부르다 보니 중후반부터 목이 풀렸다. 전보다는 아니라도 노래가 잘 불러졌다. 시아버지도 “잘 부르네.”라고 해주셨다. 마음속으로 칭찬하며 북돋았던 흥은 시아버지의 칭찬으로 돌아왔다. 집으로 향하는 차 안에서 남편은 나에게 이렇게 말했다.

“어떻게 떨지도 않고 그렇게 신나게 하냐. 중후반 가니까 목이 완전히 풀려서 잘하더라. 드디어 아버지 소원 풀어드렸네. 잘했다. 고마워.”

모든 일정을 마치고 돌아온 나는 모든 근육이 아팠고, 장렬히 뻗어버렸다.

〈북풍과 태양〉은 이솝 우화 중 하나이다. 어느 날, 하늘에서 북풍과 태양은 자신이 더 강하다며 싸우고 있었다. 서로 언성을 높이며 싸움이 끝날 기미가 보이지 않았다. 북풍과 태양은 마침 길을 걸어가는 한 나그네를 보았다. 둘은 누가 먼저 나그네의 외투를 벗기는지 내기를 걸어 결판을 내기로 정했다.

먼저 북풍이 있는 힘껏 센 바람을 일으켰다. 점점 바람의 강도를 높였다. 외투가 날아가기는커녕 나그네는 옷을 더 꽁꽁 여몄다. 결국 힘을 모두 써버려 기진맥진한 북풍은 포기했다. 자신의 차례가 된 태양은 회심의 미소를 지었다. 나그네에게 가까이 다가가 따뜻한 햇살을 비추었다. 더워진 나그네는 외투를 벗고 나무 그늘에 앉았다. 결과적으로 태양이 이긴 것이다.

'태양의 따뜻한 햇살'은 '나를 향한 칭찬'과도 같다. 어느새 내 몸과 마음에 스며들어 따뜻하게 나를 감싸준다. 이윽고 나에게 자신감을 불어넣어 주고 강하게 만든다. 그러니 의심하지 말고, '셀프 칭찬'을 연습해 보았으면 한다. 시작은 바로 지금부터. 지금 당장 자신에게 칭찬해보기를 바란다.

(내용 참고: 나무위키)

"지금 이 책을 읽고 있는 나 자신이 대견해. 잘하고 있어. 고마워."

PART 5

눈치는 챙기며 거침없이 사는 비결은 결국 자존감이다

1. 좋은 눈치는 건강한 자존감을 맺는다

'눈치를 보는 것'과 '눈치가 있는 것'은 어떻게 다를까? '보는 것'과 '있는 것'의 차이점은 인지와 행동에 있다고 생각한다. 인지하는 것만으로는 돌발 상황을 적절하게 활용하기는 어렵다. 행동하는 것은 내가 가지고 있는 눈치를 자유자재로 활용하여 주어진 상황에서 알맞게 응용할 수 있는 능력이다.

결혼을 준비하며 양가 아버지와 친정 오빠, 아주버님의 정장을 맞추기 위해 여러 번 매장에 들른 적이 있었다. 정장을 선택하고, 기장을 맞춘 뒤 가봉을 위해 다시 매장을 방문했다. 친정아버지는 일하시는 중에 시간을 맞추어 급히 달려오셨고, 시아버지는 가봉을 위해 일부러 부산에서 포항까지 올라오셨다.

앞서 약속된 친정아버지의 가봉 순서에 따라 나는 친정아버지와 함께 매장에 들어섰다. 그런데 이게 어찌 된 영문일까. 약속하고 찾아왔는데, 매장에 점장님이 보이지 않았다. 급히 전화해 보니 다른 일을 보고 들어오는 길이라고 했다. 한참을 기다리다 시아버지 가봉 시각이 가까워져서야 점장님이 도착했다. 화가 났다. 식사도 하지 못한 채 급히 시간 맞춰 오신 친정아버지는 점장님에게 연거푸 괜찮다며 웃으셨다. 그 모습에 울화가 치밀었다.

좋은 일을 앞두고 큰 소리가 나 봐야 좋을 게 없을 터. 좋게 넘어가고 싶어 이름을 대고 가봉하러 왔다고 이야기했다. "잠시만 기다려 주세요."라는 말을 남기고, 옷을 찾던 점장님이 갑자기 당황하고 있었다. 이후 다가와서 이렇게 말했다.

"오늘 가봉하기로 했었나요? 옷이 없는데……."

심장이 쿵 했다. 일하다 달려오신 친정아버지, 타지방에서 올라오신 시아버지와 아주버님의 모습이 떠올라 눈앞이 아찔해졌다. 예식 날짜 때문에 다시 날을 잡기도 힘들 것 같고, 어떻게 해야 할지 막막하기만 했다. 그 와중에 예비 신랑이었던 지금의 남편과 시아버지, 아주버님이 도착했다. 친정아버지와 인사를 나누는 모습에 정신이 번쩍 들었다.

나의 눈치 레이더가 빠르게 돌아가고 있었다. 확실한 상황 파악이 필요했다. 일정이 정리된 캘린더를 확인했고, 나누었던 문자와 통화했던 내용을 상기했다. 친정어머니와도 내용 확인을 마쳤다. 이윽고 점장님과 결판을 낼 시간이 되었다. 분위기를 내 것으로 만들어야 했다. 점장님을 잘 살피면서 부드럽게 시작했다.

"점장님, 오늘 가봉하기로 했었는데 옷이 없다는 말씀이 어떤 말씀이실까요?"

돌아온 대답은 이러했다.

"가봉 날짜가 다른 날로 체크되어 있네요. 시아버지와 아주버님의 옷은 있는데, 친정아버지 옷이 아직 공장에서 오지 않았어요."

내가 너무 부드럽게 말했던 걸까? 점장님은 수월하게 넘어가리라 판단했는지, 자기 잘못은 없는 양 쉽게 말을 했다. 점장님 본인 기억으로는 가봉 날짜 변경이 있었는데, 최종 변경일이 다른 날이라고 했다. 점장님의 기억이 어떻든 이미 정확한 날짜 확인을 마쳤기에 우리는 정리만 하면 끝나는 일이었다.

"점장님, 제가 양가 아버님을 30분 간격으로 약속을 잡으면 같이 인사도 하고 좋을 것 같아서 같은 날로 하겠다고 했던 것은 기억나시나요?"

그런 이야기를 한 기억은 있는데 확실히 날짜를 정했었냐고 되레 나에게 물었다. 같은 날로 하겠다는 이야기를 한 기억은 있는데, 날짜 확정을 했었느냐니……. 말이 맞지 않았다. 점장님은 잡아떼어야겠다고 생각했는지 강하게 나오기 시작했다. 분명 다른 날로 정했다고 말하는 점장님을 보며, 어차피 옷은 없고 돌이킬 수 있는 일은 아니지만 괘씸한 마음이 들었다. 내가 일정을 확실하게 얘기하지 않아서 그렇다며, 자꾸만 나의 잘못으로 몰아갔다. 어른들이 계셔서 조신한 예비 신부처럼 별말 못할 테니, 덮어씌우려고 했던 것일까? 나는 절대 호락호락한 사람이 아니었다. 만약 처음부터 착오가 있었나 보다, 미안하다, 날짜를 다시 잡아야 할 것 같다고 했다면 그냥 넘어갔을 수도 있다. 적반하장의 태도로 일관하는 점장님은 나를 승부욕에 불타게 했다.

"점장님, 왜 자꾸 제 잘못으로 넘기려고 하세요? 저희가 나눴던 문자와 통화 내용에 다 남아 있을 텐데 이 자리에서 확인시켜드리면 어떨까요?"

예상치 못한 반격이었는지, 점장님은 당황했다. 이때를 놓치면 안 된다.

"어차피 옷이 없으니 지금 어떻게 할 수 있는 일은 없겠지요. 예식 날짜도 다가오는데 어떻게든 다시 날을 맞춰 와야 할 겁니다. 친정아버지는 일하시다 가봉 때문에 급하게 오셨어요. 기분 좋게 진행되어야 할 일에 저희가 왜 이렇게 불편해야 할까요?"

아무 말이 없었다. 결국 점장님의 사과로 사건은 마무리되었고, 나는 이번 일을 계기로 아버지의 셔츠 한 장을 서비스로 얻어냈다. 이후 시아버지와 아주버님의 가봉 과정에서도 점장님의 잘못을 발견했다. 직접 치수를 재어갔는데, 아주버님의 정장이 짧게 나와서 실랑이가 있었던 것이다. 남편의 예복 가봉에서도 문제가 있어 점장님은 자신이 직접 체크하고도 여러 번의 실수가 나온 상황을 난감해했다. 이 과정에서 남편의 넥타이 한 장을 서비스로 받았다.

당당하게 싸워 상황은 잘 마무리되었지만, '이런 나의 모습을 보고 시집 식구들이 나를 안 좋게 보면 어쩌지?' 하는 생각이 들었다. 걱정이 무색하게도 그런 모습을 더 좋아해 주셨다. "순하게 생겨서 누가 뭐라 해도 말 한마디 못 할 것 같더니, 야무지게 할 말 하고 받아낼 것도 받아낸다."라고 하시며 오히려 좋게 봐주셨다. 이 일을 계기로 나는 더욱 사랑받는 며느리가 되었다.

좋은 눈치로 인한 빠른 판단은 상황을 나의 것으로 가져와 주도할 수 있게 해준다. 상대와 상황에 맞추어 분위기를 전환하거나 이끌어갈 수 있다. 이러한 경험은 정신적 자산이 되어 단단한 자존감을 만들어 낸다. 건강한 자존감은 결코 한순간에 만들어지지 않는다. 한 번 한 번의 좋은 눈치가 모여 비소로 이루어지는 것이다.

2. 행복한 이기주의자는 남의 탓을 하지 않는다

"지금 행복한가요?"

당신은 이 질문을 듣고 즉시 대답할 수 있는가? 대답이 망설여진다면 그 이유는 무엇일까? 나는 행복이라는 단어를 내뱉는 것이 낯설었다. 행복한 시간은 분명히 있었을 것이다. 단지 그 순간을 떠올려보라고 하면 퍼뜩 생각이 나지 않았다. '행복'이라는 단어가 익숙해지기 시작한 건 대학 후반쯤이었던 것 같다.

대학에 입학할 무렵까지도 나는 내성적이고 부정적인 사람이었다. 안 아픈 날을 꼽기가 어려울 정도로 몸이 아픈 날이 많았다. 한 달에 일주일 정도는 병원에 가야 했다. 그 덕에 의사 선생님과 친해질 정도였다. 그렇게 몸과 함께 마음도 약해졌다. 지난 과거, 학교에서 있었던 일, 친구들과의 일을 끌고 와 스스로를 옥죄었다.

‘이때 이렇게 말했다면 좋았을 텐데……. 아, 근데 그때 그 친구 때문에 내가 할 말을 제대로 못 했다.’

‘내가 이때 이렇게 행동했다면 지금쯤 상황이 달라졌을 텐데……. 그냥 나를 좀 기다려 줄 순 없었던 걸까?’

수없이 많은 가정을 만들어내어 자책과 원망의 동굴에서 오지도 가지도 못했다. 힘들었던 지난날에 대한 생각이 가득 차 괴로운 시간이 이어졌다. 그렇게 원치 않는 생각들이 나를 차지하고 앉아, 나라는 사람을 돌아볼 엄두조차 내지 못했다.

대학교 1학년. 그저 국어가 좋아 선택한 학과에서 교직 이수를 도전했다. 2학기가 되고, 교직 이수에 불합격했다. 진로를 새롭게 정해야 했다. 휴학하는 동안 깊은 고민에 빠졌다. ‘한국어 교사를 할까? 논술 지도사를 할까? 심리학 쪽으로 나가는 것이 좋을까?’ 등 여러 직업을 고심했다. 담당 교수님들은 저마다 자신의 학문으로 오게끔 흔들어댔다. 교수님들이 혼란스럽게 하는 통에 진로를 제대로 정하지 못했다고 생각했다.

방황의 시간을 겪으며 고등학교 3학년 때의 일이 떠올랐다. 내가 떠든 것도 아니었는데, 어떤 선생님이 엄한 불똥을 나에게 날려 악담을 쏟아부었다. 그 선생님은 나에게 이렇게 말했다.

"너는 제대로 된 대학도 못 갈 거야! 제대로 된 인생을 살기나 하겠냐?"

가만히 있다가 날벼락 맞은 기분에 억울해서 본때를 보여주고 싶다는 생각마저 들었다. 그런데 지금 생각해 보니, '그 선생님이 악담해서 그런 것 아니야? 나 진짜 제대로 살지 못하고 있잖아.' 하는 생각이 들었다. 나를 악담했던 사람도 원망스럽고, 이제까지 방황했던 시간도 아까웠다.

대학생으로서의 시간을 보내며 새로운 세상을 만났다. 세상을 마주하는 만큼 나라는 존재가 궁금해지기 시작했다. 그저 흘러가는 대로 휩쓸려 살아가던 내가 나를 인지하게 되었다. 나라는 사람에 대해 배워가면서 지난 시간과 비교해 지금껏 숨 쉬며 살아가는 자체가 감사했고, 행복으로 느껴졌다.

한순간에 건강해진 것은 아니지만, 병원에 가지 않아도 될 정도로 건강해지고 있다는 사실이 좋았다. 몸이 건강해진 덕분일까? 몸이 아플 때마다 함께 약해진 마음 때문에 마냥 외롭고 서러웠던 시간이 줄어들고 있었다. 줄어든 시간은 나를 발

전시키는 시간으로 채워갔다. 여러 종류의 책을 통해 이곳저곳을 여행했고, 역사를 배웠으며, 나의 미래를 그려갈 수 있었다. 그 시간이 꿈만 같았다. 자책만 가득하던 나의 머릿속은 때때로 기대와 설렘이 자리하게 되었다.

깨닫고 보니 많은 것들이 눈에 들어왔다. 내 주위에는 좋은 사람들이 꽤 많이 있었다. 아파서 아침에 잘 일어나지 못하는 나를, 학교 수업에 갈 때마다 깨워서 데려가 준 친구. 혼자 밥도 못 챙겨 먹을 것을 염려해 나를 불러 같이 밥 먹었던 친구. 아파서 병원조차 가지 못할 때 나를 부축해서 병원에 데려가 준 친구들(알고 보니 독감이었다). 나를 동생처럼 챙겨준 선배들.

그런 나의 인복을 질투하여 그 친구들을 독차지하려고 이간질한 사람도 있었다. 끊임없이 나를 이용해 자신의 이득을 쉬이 취하고자 했던 사람도 있었다. '그 사람들은 왜 나를 가만히 놔두지를 않는 걸까? 왜 나에게만 자꾸 이런 일이 생기는 걸까?' 하는 생각이 들었다. 하지만 '모든 것은 내가 행복한 방향으로 흘러간다.'라는 확실한 명제를 세우고 나니 그들의 존재와 행동은 더 이상 아무렇지도 않았다. 그렇게 나는 내 행복을 남 탓하는 일에 쓰지 않기로 했다.

얼마 전 남편과 볼일을 보러 나간 김에 경치 좋은 곳에 들렸다. 눈을 감고 바람에 날리는 나뭇잎 소리를 들으며 이야기했다.

"영화 〈리틀 포레스트〉에 나오는 주인공의 집 같은 곳에서 한 달 치 식량을 사두고 맛있는 것 해 먹으면 좋겠다. 흘러나오는 음악을 듣고, 책도 읽으며 글을 쓰는 삶을 살고 싶다."

그 생각을 하는 순간 알아챘다. '하고 싶은데 하지 못하는 것에 대해 내가 상황과 환경을 탓하고 있었던 것은 아닐까?' 지금 당장 하고 싶은 것에 대한 상황적 어려움이 있을 수 있다. 하지만 영 할 수 없는 것은 아니다. '육아를 하는 지금의 상황과 환경은 오히려 사랑스럽고 행복한 일상이다. 분명 더 바쁘고 힘들 수 있겠지만 못 하는 건 아니잖아? 하고 싶은 일과 더불어 그 일상까지 모두 함께해 갈 수 있다면 오히려 더할 나위 없이 행복한 일 아닌가?' 그런 생각에 미치자 더는 아름다운 시간을 핑계 대는 일에 쓰고 있을 수 없다고 생각했다. 사랑스럽고 행복한 일상은 귀가해서 만나는 것으로 잠시 미뤄두고 지금은 여유를 조금 더 즐겨보기로 했다.

그 순간 내 눈앞에는 영화 〈리틀 포레스트〉의 풍경이 펼쳐져 있었다. 아이의 울음소리도 없었고, 집안일에 급급한 나의 모습도 없었다. 눈을 감은 찰나, 빛나는 나의 세상이었다. 잠깐의 이기적인 상상이었을지라도 새삼 기분이 좋아지는 상상이었다.

나의 행복은 타인이, 외부 환경이 결정지을 수 없다. 내 행복을 결정할 수 있는 것은 오직 나 자신이다. 남의 탓, 환경 탓을 해 봤자 잠깐의 동정을 받을 수는 있겠지만, 결국 자신의 손해로 돌아올 뿐이다. 남은 절대로 내 생각처럼 움직여주지 않는다.

남을 탓하고 환경을 탓한다는 것은 결국 '내 잘못으로 받아들일 용기가 없다는 것'이다. 나의 것을 받아들이지 못하면 좋게 변할 수 있는 가능성을 포기하는 것과 같다. 오히려 내 마음과는 달리 안 좋은 방향으로 물꼬가 트일지도 알 수 없는 일이다. 아무리 희망이 없는 상황일지라도 나의 가능성으로 나의 행복을 스스로 만들어 가면 그만이다. 굳이 누가 이랬고 저랬고 할 필요가 없다.

나의 것을 온전히 받아들이는 사람만이 자신의 행복을 쟁취할 수 있다. 그 길은 쉽지 않을 것이다. 길을 가다 보면 꽃길도 있고 돌부리도 있고 물웅덩이도 나올 것이다. 평탄하기만 한 길은 세상에 존재하지 않는다. 그런 길을 지나가려면 내가 몇 번을 다지고 잘 준비해 가는 수밖에 없다. 길이 평탄하지 않음을 한탄해 봤자 핑곗거리밖에 되지 않는다. 평탄하지 않은 길조차 잘 걸어갈 수 있도록 운동화 끈도 잘 조여 매고 바닥도 여러 번 확인하며 잘 건너면 된다. 한탄하고 핑계 댈 시간에 내가 더 준비하면 된다.

어차피 남에게 잘 보이려고 사는 인생은 아니지 않은가. 누가 어떻게 생각하든, 누가 뭐라고 하든 내가 행복해지면 된다. 처음에는 어려울 수도 있다. 다만 정말 행복을 원한다면, 남의 탓을 하기보다 이기적이라 할 정도로 행복을 쟁취하겠다는 집념을 가져라.

3. 적절한 카타르시스는 꼭 필요하다

'카타르시스'라는 말을 아는가? 국어사전에 따르면 그리스어인 '카타르시스'는 비극을 봄으로써 마음에 쌓여 있던 우울함, 불안감, 긴장감 따위가 해소되고 마음이 정화되는 일이라고 한다. 아리스토텔레스가 《시학侍學》에서 '비극이 관객에 미치는 중요 작용의 하나'로 든 것이라고 한다.

심리적으로는 정신 분석에서, 마음속에 억압된 감정의 응어리를 언어나 행동을 통하여 외부로 표출함으로써 정신의 안정을 찾는 일이며, 심리 요법에 많이 이용한다고 한다. 쉽게 말하면 '감정의 정화'와 같은 것이다. 이러한 카타르시스는 왜 중요하고, 반드시 필요한 것일까?

친척 집에서 살았던 어린 시절에 드라마 〈가을동화〉를 본 적이 있다. 그때의 기억이 어제 일처럼 떠오른다. 사촌 언니와 나는 텔레비전을 보고 있었고, 사촌 언니의 친구는 텔레비전 옆에서 컴퓨터를 하고 있었다. 텔레비전에서는 〈가을동화〉를 방영하고 있었고, 여주인공 은서가 교통사고를 당하는 장면이 나온다. 아이가 바뀐 줄 모르고 살다가 사고가 나면서 혈액검사를 했고, 아이가 서로 뒤바뀐 것을 알게 된다. 결국 친가족을 만나 제자리를 찾아가지만, 이미 오랜 시간 함께 살며 정든 가족과 헤어지고, 새롭게 적응해야 하는 시간은 고통스럽기만 하다. 친엄마로 알고 돈독한 모녀 사이로 지내다 은서가 진짜 친엄마의 집으로 들어가는 장면이 나는 너무 가슴이 아팠다.

은서는 이제까지 혼자만 풍족하고 행복하게 살아온 것이 미안했다. 자기 자리에서 고생하며 살던 신애에게 미안해서 가고 싶지 않아도 친가족에게 가겠다고 말한다. 그 장면에 눈물 짓지 않을 수 없었다. 아니 사촌 언니와 언니의 친구가 있었지만, 나는 마냥 울었다. 정말 꺼이꺼이 목 놓아 울었다.

사촌 언니와 언니의 친구는 의아하고 이상하게 생각했지만, 눈에 들어오지 않았다. 함께 살아온 엄마가 걱정하지 않도록 괜찮다고, 걱정하지 말라고 몇 번이고 말하는 은서가 안타까웠다. 그런 은서의 모습에서, 나는 어쩌면 '무엇이든 괜찮다.'고

되뇌는 내가 보였던 것일지도 모르겠다.

드라마가 끝나고도 한참 울음을 주체하지 못하다가 모든 걸 쏟아낸 듯이 울고 나서야 속이 후련해짐을 느꼈다. 은서가 친가족을 만났지만, 혼자인 기분을 느꼈듯이 세상에 혼자인 것만 같은 생각에 나도 모르게 서러웠던 것 같다. 서러운 마음은 울면서 모두 씻겨 내려갔다.

대학생 때 보았던 드라마 중에 〈신의 퀴즈〉라는 작품이 있다. 사망 원인 불명의 사체를 조사하는 법의관들의 이야기와 일화를 다루는 드라마이다. 일화 중 인기 정상의 4인조 아이돌 걸 그룹의 멤버 지나가 뮤직비디오 촬영 중 돌연사하는 내용의 이야기가 있다. 그녀의 사인을 밝히는 장면에서 그녀의 꿈을 녹여 만든 노래, 〈불러봐도〉라는 곡이 흘러나온다. 아마 내가 〈신의 퀴즈〉를 보지 못하고 노래만 들었다면 단순한 사랑 노래라고 생각했을지도 모를 절절한 노래였다. 드라마와 함께 마주한 〈불러봐도〉는 단순한 사랑 노래와는 다른 의미로 절실하고 간절했다.

"불러봐도 불러봐도 난 들리지 않아. 무슨 말이라도 내게 들려줘. 정말 이렇게 우린 끝일까. 아무것도 난 할 수가 없잖아. 불러보고 둘러보면 넌 거기 있을까. 너의 추억들을 따라가 본다. 어디쯤 간 거니. 내가 볼 수 있게 조금만 천천히 걸어가. 아주 조금씩 널 따라가다 불러본다."

처음 드라마와 함께 들었을 때 나는 노래에 빠져 헤어 나오지 못했다. 드라마가 끝나고 노래를 찾아들었다. 들을수록 눈물이 멈추지 않았다. 끝없는 어둠 속에 있는 듯 막막하고 답답했다. 내가 보이지 않는 것만 같은 느낌에 두려운 마음이 들기도 했다. 나를 떠올리며 울컥하는 생각이 들었다. 노래의 주인공을 안아주고 싶은 마음이 들었고 동시에 나를 안아주고 싶은, 그런 묘한 기분이 들었다. 그러면서 나 스스로 감정의 정화가 이루어지고 속이 시원해지는 것을 느꼈다. 노래의 주인공이 포기하지 않은 것처럼 나도 나를 포기하지 말자고 다짐했다.

대학 시절, 책에 빠져 살았다. 한 권, 두 권 빌려보면서 내가 어떤 장르를 좋아하는지 깨닫게 되었다. 추리, 스릴러 장르를 보면 나는 형언할 수 없는 감정이 느껴진다. 호기심? 또는 관심? 한 장면 한 장면의 요소들을 통해 추적 포인트를 발견하고 추측하여 결말에 도달하면 그렇게 짜릿할 수가 없었다. 그런 나를 흥분시킨 영화가 있었다.

코로나가 극심하던 때, 극장에 가기도 어려워서 남편과 영화관을 가본 적이 단 한 번도 없었다. 그런 우리에게 홈 시네마를 열어준 영화가 있다. 많은 이들에게 호평을 받은 영화 〈곡성〉이다. 〈곡성〉은 개봉 당시 화제의 중심에 있었다. 추리 스릴러를 즐기는 내가 〈곡성〉을 보지 않았다고 하니 남편은 놀랐다. 바로 노트북과 모니터를 연결하며 홈 시네마 상영 준비를 했다. 스산한 느낌에 무섭기도 했지만, 흥미진진해서 흥분 상태로 영화를 보았다. 영화를 보면서 발견한 추적 포인트를 말하고 싶어 입이 근질거렸다.

"무속인으로 나오는 황정민 배우가 찾는 것이 장독대에서 나올 것 같다. 황정민 배우의 속옷을 보니 외지인과 뜻을 함께 하는 사람인 것 같다. 다들 천우희 배우를 귀신으로 의심하지만, 오히려 마을 사람들을 지켜주는 수호신인 것 같다."

그 외에도 남편과 서로 추리를 하며 영화를 보았는데, 영화가 끝난 뒤 남편은 여러 가지 복선들을 맞춰낸 나를 신기해했고, 나는 묘한 성취감을 느낄 수 있었다.

홈 시네마에서 최근 상영한 영화는 〈기적〉이었다. 출산쯤부터는 집에서조차 영화를 보는 것이 힘들었다. 거의 1년 만에 벼르고 별러서 영화를 보게 됐다. 오랜만에 보게 되었을 때 기분 좋은 설렘을 느꼈다. 육퇴(육아 퇴근) 후의 영화라니……. 가능할 거라 상상하지 못했다. 이렇게 말하면 '나는 모성애가 없는 걸까?' 싶기도 하지만, 기분이 날아갈 것 같았다. 〈기적〉은 추리 장르의 영화는 아니지만, 추리를 필요로 하는 장면들이 있었다. 예를 들면 남자 주인공인 박정민 배우가 신호등을 만드는 장면이라든가, 누나 역의 이수경 배우의 존재가 그러했다.

"신호등을 제대로 시험해 보지도 않았는데, 그것만 보고 건너면 된다는 건 좀 위험한 것 아니야?"

"동생은 성장했는데, 누나는 왜 그대로야?"

영화를 보며 누군가는 추측하는 이야기를 듣기 싫어하기도 하지만, 남편은 나의 추측이 나중에 그럴듯한 내용이 되어 돌아오면 '오! 그러네? 와~ 대단하다!'라고 말해준다. 그래서 더 신나서 눈에 불을 켜고 추리 포인트를 찾는 것 같기도 하다.

이 영화는 추리하며 보는 부분도 재밌었지만, 등장인물이 나누는 대사 중 마음에 확 와닿는 말들도 인상 깊었다. 동생이 떠날 결심을 하고 집을 나설 때 누나가 했던 말과 아버지가 아들을 시험장에 데려다주면서 외치는 한마디가 특히 그랬다.

"내가 꼭 붙으라 했나? 도전하라 했지."

"기죽지 마레이!"

'꼭 붙으라는 것이 아니라 도전하라고 한 말'이라는 누나의 말. 어떤 사람들은 결과가 부정적이면 과정은 필요 없다고 생각하곤 한다. 결과 지향적인 말이다. 과연 결과만이 중요한 것일까? 결과가 나쁘다면 과정은 어떠하든 모든 게 없어지는 것일까? 그렇지 않다. 내가 어떻게 도전해왔고, 그 도전 속에서 얼마나 노력했는지, 어떠한 것들을 배우고 얻어내었는지가 중요하다. 결국 도전하는 모습 그 자체가 중요하다고 말해주는 것이다.

그리고 '기죽지 말라.'는 아버지의 말. 도전하는 자체로 충분히 훌륭하기 때문에 절대로 주눅들 필요도, 기죽을 것도 없다. 내가 하는 도전 하나하나는 나의 소중한 자산이 된다.

도전의 결과, 동생이 꿈을 향해 마을을 떠나는 길에 누나가 함께한다. "잘 다녀올게."라는 동생의 말에 동생을 바라보며 누나도 자신의 길을 떠난다. 그 모습을 보며 남편과 나는 한없이 눈물을 흘려야 했다. 동생의 성장을 보여주는 장면인 동시에 누나에게서 독립하는 장면이었다. 누군가를 떠나야 한다면, 혹은 떠나보내야 한다면 원치 않는 이별이라 할지라도 서로가 행복하게 살아갈 수 있도록 웃으며 "잘 다녀올게."라고 인사를 건네야 한다. 잘 마무리하는 것도 용기이다.

카타르시스를 통해 감정을 정화하는 방법은 무수히 많다. 영화, 드라마, 음악 등. 나 또한 그것들을 통해 오래도록 내 마음의 고통을 해소해 오곤 했다. 카타르시스를 간과하지 말고,

자신을 오롯이 맡겨 보기 바란다. 충분한 효과를 누릴 수 있을 것이다. 영화, 드라마 등의 매체가 싫다면 '대화'를 활용하는 것도 좋은 방법이다.

최근 출산과 육아를 거듭하며 지금의 상황에서 내가 누릴 수 있는 최고의 카타르시스는 '대화'임을 깨달았다. 자세히 말하자면 '서로 공감하는 대화'이다. 출산하고 나니 남편과 나는 영화나 드라마를 보기 어려워졌다. 내가 듣고 싶은 음악을 듣기도 어려웠다. 아이는 눈에 넣어도 안 아플 정도로 예쁘고 사랑스러웠지만, 육아의 길은 힘든 일이라는 것도 인정해야 했다. 아이가 50일이 지나고 남편과 매일 저녁 우리의 시간을 갖기 시작했다. 모유 수유 중이라 술을 마실 수는 없었지만, 남편과 이야기하며 주스를 마시는 그 시간이 하루의 힘들었던 마음을 정화해 주었다. 남편도 나와 같은 마음이었다.

시간이 지나고 아이가 크면서 친정 부모님 찬스로 아이를 맡길 수 있었다. 남편과 잠깐 외출해서 좋은 경치를 바라보며 이야기를 나누니 정말 최고의 기분을 느끼게 되었다. 내 곁에 소중한 사람이 있다면 함께 영화를 보고, 음악을 듣고, 서로를 공감하며 대화해 보기를 바란다. 나의 경험에 따르면 그보다 더한 카타르시스는 없고, 인생을 행복하게 보내기 위해서 적절한 카타르시스는 꼭 필요한 요소이다.

4. '나'를 먼저 알아야 '남'도 인정할 수 있다

인생을 살아가면서 내가 겪는 모든 것들은 나의 경험이 되고 자산이 된다. 실패한 경험, 시행착오 끝에 이루어낸 성취와 성공. 하나하나가 모여 '나'라는 사람이 만들어진다. 누군가는 경험을 활용해 역량을 강화해 간다. 다른 누군가는 그저 흘러가는 대로 살아가기도 하고, 또 다른 누군가는 힘들었던 경험에 빠져 헤어 나오지 못하는 경우도 있다.

나도 괴로운 시간 속에 허덕일 때가 있었다. 오직 '나는 왜 이럴까?'라는 생각에만 치우쳐 있었다. 가정 형편이 어려웠고, 가족은 아팠고, 그저 나는 괜찮아야 했다. 나는 어렸고, 몸이 아플 때나 사랑이 필요할 때면 가족이 그리웠다. 나는 괜찮지 않았다. 괜찮지 못한 것이 나의 잘못인 것 같았다.

'내가 정말 착한 사람이라면 진짜 괜찮아야 할 텐데……. 나는 왜 애매하게 착해서 미워할 수도, 괜찮을 수도 없는 걸까?'

이런 생각에만 빠져 있었다. 그럴 때는 밖으로 나갔다. 일단 나가서 도서관으로 향했다. 도서관에서 나는 책 냄새가 좋았다. 새 책 냄새는 설렘을 주었고, 오래된 책 냄새는 마음의 안정감을 주었다. 즐비한 책들 속에 묻혀 있는 것이 좋았다. 그 시간 속에서 나는 나를 조금씩 알아가기 시작했다. 밤을 새워 책을 읽어도 지루하지 않았다. 시간 가는 줄 모르고 아침이 밝아왔다. 어느새 나는 나의 마음을 움직인 구절들을 손으로 적고 있었다. 자취방에 붙은 그 구절들이 나를 응원하고 있었다.

나를 응원한 것은 책의 구절만이 아니었다. 무거운 마음으로 홀로 거리를 걸으며 듣는 음악은 나와 함께 걸어가는 친구와 같았다. 나에게 따뜻하게 말을 건네고 있었다. 때로는 길가에서 눈물을 훔쳤다. 나의 마음을 잘 알고 있다는 듯 위로를 주고 있었다. 그중에 유독 나의 마음을 잘 알아주던 노래가 있다.

바로 제이레빗의 〈요즘 너 말야〉라는 곡이다. 이 노래는 나를 닮았다. 나를 알아가는 노력의 일환으로 배웠던 기타로 연주하고 싶은 곡도 이 곡이었다. 그리고 용기를 내어 사람들 앞에서 처음으로 노래하며 연주할 수 있었다.

"요즘 너 말야. 참 고민이 많아. 어떡해야 할지 모르겠나 봐. 언제나 함께하던 너의 노래가 이제 들리지가 않아. 사실 넌 말야. 참 웃음이 많아. 누가 걱정하기 전에 툭툭 털고 일어나. 해맑은 미소로 날 반겨 줄 거잖아. 쉬운 일은 아닐 거야. 어른이 된다는 건 말야. 모두 너와 같은 마음이야. 힘을 내보는 거야. 다시 너로 돌아가. 이렇게 희망의 노랠 불러. 새롭게 널 기다리는 세상을 기대해 봐. 다시 달려가 보는 거야. 힘이 들고 주저앉고 싶을 땐 이렇게 기쁨의 노랠 불러. 씩씩하게 언젠가 모두 추억이 될 오늘을 감사해. 기억해. 힘을 내. MY FRIEND~"

이 노래와 함께하며 내가 조금 더 궁금해졌다. '나는 어떤 사람일까? 난 생각이 많은 사람인 것 같아. 웃음이 버릇처럼 흘러나오기도 해. 힘든 상황에서 웃는 사람? 포기하고 싶지 않은 사람이지! 어려운 상황일수록 정신이 번쩍 들기도 했던 것 같아.'

나를 떠올리며 일기를 써 보기로 했다. 처음에는 나를 떠올리는 일이 잘되지 않았다. 나를 궁금해하는 것도 낯설고 어려웠다. 힘들었던 과거를 떠올리는 일은 괴로웠다. 그래도 포기는 하지 않았다. '나'로서 살아가고 싶었으니까. 일기가 조금씩 나를 들여다보는 거울이 되면서 점점 나를 마주하는 것에 익숙해져 갔다. 동시에 나는 조금씩 성장해가고 있었다. 나를 마주하는 노력과 더불어 과거의 경험이 나를 더 나아가게 한다는 것을 깨달았다. 앞으로 조금 더 성장해 보기로 했다.

조금씩 더 많이 웃어보기로 했다. 버릇처럼 웃어도 뇌는 진짜 웃는 것으로 인식한다. 진짜 웃는 것으로 인식한 뇌는 몸과 마음에 긍정적인 영향을 주게 된다. '행복해서 웃는 것이 아니라 웃어서 행복한 것이다.'라는 말도 있지 않은가? '조금씩 더 많이 웃을수록 조금씩 더 행복해진다.'라고 생각하기로 했다.

조금 솔직해지기로 했다. 혼자서 꾹꾹 눌러 담아 속이 곪아 버리는 일 없이 때로는 솔직한 내 모습을 속 시원하게 내보여 나에게 자유를 주기로 했다. 내가 조금 솔직해진다고 내 옆에 있을 사람이 떠나고, 떠날 사람이 남는 일은 결코 없을 테니까.

타인을 제대로 바라보기로 했다. 그동안 내가 남을 제대로 대하지 못했다는 것을 깨달았다. 나를 제대로 바라보지 못하던 것과 같았다. 다른 사람들을 제대로 보고자 하지 않고, 그저 이리저리 휘둘리고 있었다는 것을 깨달았다. 인지하고 나니 부끄러움이 밀려왔다. 진정으로 나를 위해준 사람들도 있었고, 나를 이용하려고만 한 이들도 있었다. 그 속에서 제대로 행동하지 못하고, 좋은 이를 떠나보내고, 나쁜 마음을 먹은 이를 도와준 일이 많았다. 후회가 막심했지만, 또다시 반복할 수는 없는 노릇이었다.

주체적으로 생각하고 판단하기로 했다. 사람들의 말과 행동에 억눌려 끌려가는 일은 더 이상 하지 않기로 했다. 혼자가 되는 것이 두렵기도 했지만, 자연스럽게 진짜 나의 사람만이 남게 되었다. 의동생이라며 매번 챙겨주던 선배는 알고 보니 보여주기 식일 뿐이었다. 불러 놓고 내팽개쳐지는 기분을 더는 느끼고 싶지 않았다. 줏대 있게 행동하니 어느 순간부터는 연락이 오지 않았다. 나의 쓰임은 거기까지였던 것이다.

매번 나에게 강한 어조와 날카로운 말투로 말하던 선배가 있었다. 부담스러워 만나기가 불편했는데, 제대로 바라보니 선배는 나를 정말 아끼고 있었다. 주눅 들지 않고 당당했으면 했고, 힘들지 않았으면 했다. 잘 되었으면 하는 마음에 조바심이 났던 모양이다. 내가 고마운 마음을 표현하자 선배는 자신의 진심을 이야기해 주었고, 나는 종종 선배와 단둘이 이야기할 때면 모든 것을 쏟아내며 울음을 뱉어냈다.

결혼 전부터 나는 나에게 있는 물건이나 옷을 버리지 못하는 사람이었다. 20대에는 사용한 영수증을 정리해 모으기도 했다. 팸플릿, 영화 티켓, 기차표, 버스표. 무엇이든 모았다. 추억이 담겨있다는 것이 이유였지만, 몇 년을 모으다 보니 양이 너무 많아졌다. 옷도 마찬가지였다. '저렴한 돈으로 여러 벌을 사자.'라는 생각으로 계속해서 구매한 옷들은 싼 티 나거나 마음에 들지 않아 못 입는 옷이 되어 옷장은 나날이 넘쳐났다.

20대를 마무리하고, 이사를 거듭하면서 조금씩 버리는 연습을 했지만, 버려지는 것은 극히 일부였다. 오히려 해를 거듭할수록 생활 물품은 늘어만 갔다. 버리는 속도가 모이는 속도를 감당하지 못했다. 결혼을 결심하고 옷과 물건이 가득한 방을 본 남편이 경악을 했다. 남편은 그곳을 창고 방이라고 불렀다. 결혼을 하면서 창고 방의 것들을 신혼집으로 옮겨야 했다. 버리는 것과 옮기는 것을 구분하여 처리했다.

당시의 나는 아직 많은 것을 버릴 준비가 되어있지 않았다. "최대한 버리고 가자."는 남편의 말에도 하나같이 이유를 달아 사수해 냈고, 단둘이서 옮기기에는 버거울 정도의 짐이 이동할 준비를 마쳤다. 하나 둘 포장하면서 남편의 목소리와 표정은 바뀌어갔다. 처음에는 내가 이야기하는 대로 챙겨주려 애썼지만, 시간이 갈수록 "그냥 놔두고 가자, 버리고 가자."고 말하는 것들이 늘었다. 짐을 차에 실을 때도, 꽉꽉 넣은 짐을 신혼집으로 옮길 때도 남편은 내가 한 번도 보지 못한 모습을 하고 있었다. 모든 정리가 끝나고 나자 남편은 드디어 살겠다는 얼굴로 나에게 "제발 좀 버리고 정리했으면 좋겠다."라고 말했다. 나는 시무룩한 얼굴로 "많이 버리고 왔는데……."라고 말했고 남편은 "더 버려야 한다!"고 외쳤다. 그때의 나는 더 많은 것을 버릴 마음의 준비가 되지 않았던 것 같다. 시간이 흘러 우리에게는 사랑스러운 아이가 함께했고, 집안의 공간도 아이로 채워져 갔다. 집은 복잡해졌고, 자연스럽게 나의 물건을 돌아보게 되었다.

첫 번째로 묵혀두었던 전공 책을 정리했다. 나는 전공과 복수 전공의 학문에 미련이 있었다. 나중에 다시 공부하려고 꺼내볼 수도 있다고 생각했다. 그런 확신으로 이사할 때마다 무거운 책들을 이고 지고 다녔다. 지금 이 글을 읽으면서 뜨끔하는 이들이 있을 것이다. 그런 이들은 더 집중해서 보기 바란다.

"그 책들을 다시 꺼내볼 확률은 극히 희박하다!"

이유는 세 가지 정도이다. 하나는 '내가 다시 공부를 하려고 책을 꺼낼 가능성이 얼마나 되는가?'이다. 나의 경우 다시 시작하기까지 십여 년이 흘렀다. 그 책을 당장 1~2년 안에 보지 않고 필요치 않는다면 과감하게 미련을 버리는 것이 좋다.

또 하나는 '모든 것은 시간이 흐를수록 발전하거나 시각이 달라질 가능성이 있다.'는 것이다. 전공 책이 책장에만 꽂혀 있을 때, 이미 개정판이 나왔을 가능성이 크다. 개정판이 나온다는 것은 '내용이나 보는 방식이 달라졌을 수 있다.'는 의미이다. 물론 표지만 달리 붙이고 가격을 높여 받는 경우를 제외하고 말이다.

마지막 하나는 '교수님에 맞춰서 무조건 구매해야 했던 전공 책이 아니라 나에게 더 잘 맞는 책이 있을 가능성이 있다.'는 것이다. 보통의 사람들은 자기 관점에서 생각하기 마련이다. 교수님도 자기 관점에 따라 '자신의 수업에 가장 적합하다.'고 생각한 책을 가지고 강의를 진행했을 것이다. 교수님 자신의 책으로 하는 경우도 상당히 많다. 그렇기 때문에 잘 살펴보면 내가 더 배우고 성장할 수 있는 좋은 책들이 많이 있을 것이다. 다시 공부를 시작한 나는 역시나 새로운 다른 책을 구매해야 했다. 따라서 나는 이렇게 말하고 싶다.

"당장에 볼 전공 책이 아니라면, 그 책을 떠나보내도 괜찮아!"라고.

묵은 전공 책을 정리하며 차마 버릴 수 없어 꽁꽁 붙잡고 있었던 나의 흔적과 추억은 마음에 담았다. '그때의 나는 참 어리고, 예뻤고, 맑았었다.'라며.

두 번째로 옷을 정리했다. 해진 옷이나 어렸을 때 입었던 옷들을 정리했다. 결혼 전에 편하게 입던 옷들도 조금씩 같이 묶었다. 남편과 함께 정리하며 옷에 담긴 추억들을 나누었다. 처음에 과감했던 남편은 나의 이야기를 들으며 조금씩 주춤하기 시작했다. "왜 더 이상 담지 않느냐."는 말에 "그런 이야기를 들으니까 버리지 못하겠다."라고 했다. 괜찮다는 나의 말에도 옷 정리는 생각보다 일찍 끝이 났다. 집안의 구조변경을 하며 또 한 번 옷 정리를 해야겠다는 생각이 들었다. 나의 결심을 남편에게 이야기했고, 우리는 비로소 제대로 된 정리를 할 수 있었다.

나는 추억을 놓기가 어려웠다. 과거를 생각하면 힘들었던 기억이 많지만, 내가 버리지 못했던 물건들은 내가 '홀로서기'를 하며 '온전한 나'로서 모아갔던 물건들이었기 때문에 도저히 놓을 수가 없었다. 나는 큰 용기를 내었고, 많이 버렸는데도 자꾸만 버리라고 하는 남편에게 섭섭한 마음이 들었다. 남편과 많은 이야기를 나누며 비로소 깨달았다. '새로운 것을 받아들이기 위해서는 받아들일 수 있는 마음의 자리를 내주어야 한다는 것'을. '옛 것을 버림으로써 새로운 것을 채우기 위한 준비가 된다는 것'을. 깨닫고 나자 '버린다.'라고 했지만 '놓지 못했던 나'를 볼 수 있었다. 그것을 인정하고 나니 더 좋은 것으로 채워주고 싶었던 남편의 마음을 알게 되었다.

한 번 한 번의 노력 끝에 나를 알아갔고, 그것은 곧 남을 인정할 수 있는 힘이 되었다. 남과 비교하는 마음이 사라졌고, 내가 어떤 사람보다 못해서 괴롭지 않았으며, 나보다 누군가가 못하다고 생각하는 마음이 없어졌다. 각자의 인생이고, 저마다의 장점이 있는 것이다. 개성을 바라보고 장점을 찾으며 나는 나대로, 남은 남대로 인정할 수 있는 용기가 생겼다.

나라는 사람은 단편적으로 설명할 수 없다. 겉으로 보았을 때 두려움을 느끼는 내가 있는 반면 두려움을 이겨내고 싶은 나도 있다. 여리기만 한 여자 같지만 내 가족을 지킬 힘이 있는 엄마이기도 하다. 억센 아줌마가 된 것 같지만 꽃만 보면 사르르 녹아내리는 꽃다운 나도 있다. 내가 나의 온전한 모습을 알아주면 된다. 나의 일부분만 보고 전체를 아는 양 나를 판가름하는 이들에게 흔들릴 필요는 없다. 그들에게 흔들려 나만이 그려갈 수 있는 행복까지 불안 속으로 밀어 넣을 필요는 없다.

나를 흔드는 이들이 자꾸만 눈에 들어온다면 일단 모든 것을 내려놓고 긴장을 풀어보자. 머릿속에 나 자신을 떠올리고 나의 버릇이나 습관을 떠올려보자. 그리고 내가 좋아하는 것은 무엇인지, 싫어하는 것은 무엇인지 생각해 보자. 잘 모르겠더라도 상관없다.

최근에 내가 어떤 하루를 보내고 어떤 음식을 먹었을 때 기분이 좋았는지, 일상적인 것을 떠올려보자. 타인과 비교하게 된다면, 그때야말로 나를 더 알아가야 할 때이다. 나를 마주하며 나를 인정하고 나면 남을 보는 시선이 달라진 자신을 느낄 수 있을 것이다. 나를 알고 나를 인정해야 타인을 알고 제대로 인정할 수 있다는 것을 기억해야 한다.

5. 있는 그대로 가장 나답게 행복해지는 방법

드라마나 영화를 보면 '그냥 너 자체가 좋아.', '있는 그대로의 너를 사랑해.'라고 고백하는 모습을 자주 볼 수 있다. 그냥 담백하게 '네가 좋아.', '너를 사랑해.'라고 해도 될 텐데, 굳이 '있는 모습 그대로가 좋다.'고 고백을 한다. 어째서 고백하는 모습은 그렇게도 한결같을까? 혹시 우리는 있는 그대로 보고, 내 자체로 바라봐 주는 것에 목말라 있는 것은 아닐까?

나는 나에게 던지는 질문들이 굉장히 어렵고 난감했다.

"넌 어떤 걸 좋아해?"

"솔직한 너의 모습은 뭐야?"

물음에 대한 답을 할 수가 없었다. 정확히 말하면 당시의 나는 정답을 잘 몰랐다. 답이 머릿속에 있다고 하더라도 굳이 드러내지 않았고, 다른 사람에게 묻혀 가는 것이 편했다. 고민할 것도 없고, 책임질 필요도 없었기 때문이다.

나는 아마도 두려웠던 것 같다. '내가 말한 것을 다른 사람이 싫어하면 어떻게 하지?', '사람들이 나를 보고 이상하게 생각하는 건 아닐까?', '나만 특이한 사람이 되면 어쩌지?'라고 혼자 생각하면서, 타인의 반응을 지레 걱정하고 겁을 먹었다. 그랬던 내가 어느새 나를 드러내고 있음을 남편과의 대화를 통해 인지하게 되었다.

남편은 종종 나에게 ○○애호가라는 말을 한다. 처음에는 '핑크 애호가'라고 하며, 나의 운동복을 분홍색으로 사주기 위해 동분서주했다. 다른 색이어도 괜찮다고 했더니, "분홍색이면 더 좋아할 것 아냐."라며 결국 분홍색 운동복 구매에 성공했다. 아이를 키우느라 항상 피곤해 보인다며 친정 부모님께서 해삼과 멍게를 손질해 주셨다. 내장까지 생것으로 맛있게 먹는 나를 보며 남편은 '해물 애호가'라며 신기해했다.

결혼 전부터 기운이 빠진다 싶으면 초콜릿을 즐겨 먹었다. 맛있는 초콜릿을 찾아 선물해 주곤 했었는데, 결혼하고 나서는 시아버지와 아주버님까지 초콜릿을 챙겨 주신다. 그 모습을 보며 남편은 '초콜릿 애호가'라고 했다.

며칠 전 내가 좋아하는 것을 말하다가 남편이 나에게 '애호가'라고 부르던 것을 나열했다. '핑크 애호가', '해물 애호가', '초콜릿 애호가', '오일 애호가' 등등……. 그 이야기를 들으니 갑자기 생경한 기분이 들었다.

"어느 순간부터인지 잘 모르겠지만, 내가 나만의 색깔을 내고 있었던 것 같아. 내가 나만의 특징을 가지게 되었네. 내 모습 그대로를 드러내고 있었어."

자신의 모습을 있는 그대로 표현하는 것에 겁을 먹고 계속 피하기만 한다면 영영 나의 색은 다른 사람의 색에 물들어버릴지도 모른다. 원치 않은 상황에 끌려가 버리고, 불편한 사람들 속에 휘말릴 것이다.

나를 솔직하게 드러낸다는 것은 어려울 수 있다. 있는 그대로의 나를 누군가 알게 된다는 것이 두려울 수도 있다. 당연한 일이다. 익숙지 않은 일이기에 겁이 날 수 있다. 그럴수록 나 자신에게 솔직해져야 한다. 나를 들여다보고, 관심을 기울이고, 돌보고, 알아가다 보면 있는 그대로의 나 자신을 마주할 수 있게 된다. 단 하나라도 좋다. 대신 꾸준히 노력해야 한다.

더러워진 손을 씻으려면 더러운 것을 씻어낼 만큼의 깨끗한 물이 필요하듯, 있는 그대로의 나를 알아가려면 그만큼의 시간이 필요하다. 그 시간을 통해 나도 꽤 괜찮은 사람임을 깨닫는다. 그 순간이 오면 조금은 뿌듯해하고, 조금은 당당하게 자신을 표현했으면 한다.

나의 색깔은 남편을 만나면서 더욱 뚜렷해졌다. 결혼 전 나의 색깔을 찾기는 했지만, 타인의 반응이 신경 쓰여 솔직해지지 못하는 경우가 많았다. 남편을 만나고 나니 내가 어떤 모습을 보여도 내 옆을 지켜주는 사람이 있다는 것이 든든했다. 그것이 내가 더 용기 낼 수 있게 만들어 주었다. 나의 색깔을 지켜주기 위해 노력해 주는 모습을 보면서 '내가 솔직해지지 않을 이유가 없다.'는 생각이 들었다. 꾸준히 있는 그대로의 내 모습을 바라보고 지켜주는 남편에게 고마울 뿐이다.

나를 있는 그대로 지켜주고자 하는 이가 있다면 주저 말고 조금 더 자신을 드러내 보자. 그 사람은 당신이 알에서 깨어 나오기를 기다리고 있을지도 모른다. 보이는 모습이 아닌 내가 나로서 살아가는 모습을 기다리고 있을 것이다. 우리는 그저 있는 그대로의 자신을 사랑하고, 있는 그대로의 내 모습으로 마음껏 행복해지기만 하면 된다.

6. 후회 없는 관계는 눈치에서 나온다

"한 뼘 한 뼘 머리 위로 꽃노을 발갛게 번지고, 황혼을 따라 춤추는 그늘 길어지는데……. 다음 정거장에서 만나게 될까? 그리워했던 바람을……. 다음 파란불에는 만나게 될까? 그리곤 했던 기억을……. 아님 이다음 세상에나 닿을까? 떠난 적 없는 그곳을……."

이 노래는 아이유 님의 〈정거장〉이라는 곡이다. 누군가가 그리워질 때면 떠오르는 노래이기도 하다.

나는 음악이 좋았다. 그중에서도 기타곡을 들으면 마음이 더욱 편안해지는 것을 느끼곤 했다. 무작정 기타를 샀다. 기타 교본 책을 보며 혼자서 띵까띵까 치면서 행복을 느꼈다. 더 많은 곡을 내 손으로 연주하고 싶었다. 혼자서는 어렵다고 생각했다. 집에서 가까운 기타 학원을 찾았다. 거기에서 핑크 팬더를 닮은 선생님을 만났다. 핑크 팬더 선생님은 학원을 운영하지만, 돈이 아닌, 사람을 보는 분이셨다. 내가 처음 학원 탐색을 하러 방문했을 때 이런 말씀을 하셨다.

"저는 사람을 가려 받습니다. 원생들 사이에 분란이 생길 것 같거나 이상한 사람이다 싶으면 다른 학원에 더 좋은 선생님이 있다며 연결해서 보내버립니다."

그 말을 들으며, 나는 '나를 다른 학원에 보내버리겠다는 건가? 내가 마음에 드니까 합격이라는 건가?' 하는 생각에 헷갈렸다. 곧이어 붙인 말씀에 궁금증은 모두 풀렸다.

"오늘부터라도 하고 싶은 만큼 하시다 가면 됩니다."

'와우~!' 이게 뭐라고, 괜스레 대단한 시험에 합격한 것처럼 기분이 좋았다.

핑크 팬더 선생님은 원생들끼리 친하게 지낼 수 있게 자리를 만들어줄 만큼 따뜻했다. 주기적으로 식사 자리를 만들어 주었다. 학원에서는 쭈뼛쭈뼛하다가 식사 자리에 다녀오고 나서 원생들과 친근하게 인사도 나눌 수 있게 되었다.

핑크 팬더 선생님은 센스가 있었다. 식사 자리를 만들어주고도 식사만 금방 하시고 자리에서 빠져주셨다. 우리가 "같이 이야기 나누다 가시라."고 해도 우리끼리 놀라고 하시며 피하셨다.

핑크 팬더 선생님은 수줍음이 많았다. 선생님이 마음을 내어주기 전까지는 원생이라 하더라도 철저히 존댓말을 쓰고 데면데면했다.

핑크 팬더 선생님은 돈보다 마음과 배움을 중요시하는 사람이었다. 취업 준비생 시절 학원비가 빠듯해 "며칠 늦을 것 같다."고 하면 "그런 건 신경 쓰지 말고 연습이나 열심히 하라."고 하셨다. 취업하고 나니 바빠서 학원비 내는 날짜를 잊어 한참이나 지나도 학원비 내라는 이야기를 단 한 번도 하지 않았다. 시간이 지나 알아채고 나서 "왜 말씀을 안 주셨냐. 바로 보냈다."고 하면 "그런 것 일일이 체크 안 한다."고 하셨다.

핑크 팬더 선생님은 음악에 관해서는 무서운 사람이었다. 학원생들끼리 송년 음악회가 있었던 때였다. 각자의 곡명이 정해지고 선생님과 같이 연주하는 것과 더불어 추가 곡을 거론하기도 했다. 그렇게 연습에 매진할 때쯤 회사 일이 바빠 학원에 잘 나오지 못했다. 내 딴에는 함께할 거라고 연습은 열심히 했다.

당일이 되어 리허설이 시작하기도 전에 일찍 가서 준비하고 있었다. 모두의 리허설이 끝나고 선생님은 리허설을 끝내 버리셨다. 용기를 내어 "선생님! 저 리허설 못 했는데요."라고 하자, "그냥 하면 되지 뭐."라고 하셨다. 내가 안절부절못하자 선생님과 함께 연주 준비를 돕던 보조 선생님이 "리허설을 봐주겠다."라고 하셨다. 겨우 리허설을 하고 내려오니 마음이 불편했다. '괜히 갑자기 나와서 내가 음악회를 망치는 건 아닐까?' 하는 마음도 들었다. 앉아서 팸플릿을 보자 연주 순서 중간에 떡하니 나의 이름이 들어가 있었다. '선생님은 내가 틀림없이 올 것으로 생각하고 계셨나 보다.' 하고 생각했다.

음악회가 모두 끝나고 선생님은 "바쁜데, 고생했다."라고 말씀해 주셨다. 그때는 단순히 '선생님께서 내가 잘 안 나와서 삐지셨나?'라고만 생각했다. 지금 생각해 보면 선생님은 나의 첫 연주회를 조금 더 최선을 다해서 멋진 기억으로 남겼으면 싶으셨던 것 같다.

핑크 팬더 선생님은 끝까지 묵묵히 연주해 내고, 살갑게 말도 거는 나의 모습을 보며, 사람으로서 조금 더 좋아해 주셨던 것 같다. 바쁜 회사 일이 끝나고 거의 매일같이 학원에 와서 연습하는 나를 보며, 원생들이 있는 자리에서 자주 말씀하셨다. "학원 창밖 현수막의 콩쿠르에 입상한 아이들만큼 역량이 있는 제자, 더 잘할 수 있는 제자"라고 입이 닳도록 칭찬해 주셨다. 더불어 "요즘 세상에 세화 같은 참한 사람이 없다."라고 하시며 모두의 앞에서 연이어 극찬해 주셨다.

나는 선생님이 그냥 좋았다. 기타 선생님이자 인생 선생님이라고, 스승의 날마다 인사하러 갔다. 나의 결혼 소식을 듣고 누구보다 기뻐해 주셨고, 남편 될 사람을 궁금해해주셨다. 남편은 음료수를 사 들고 선생님께 인사드렸다. 결혼 소식을 전할 때쯤 가진 봄나들이 음악회에서 새 신부가 첫 곡을 열 수 있게 뒤에서 서브도 해주셨다. 송년 음악회에서의 한이 풀렸다. "이제까지 축가 연주곡은 단 한 번밖에 해주지 않았지만 세화 결혼식에서는 해주겠다."라고 하셨다. 단 한 번밖에 하지 않았다는 축가 연주곡은 원생들끼리 결혼한 한 커플의 결혼식이었다. 나의 결혼식을 위해 선생님은 새로운 곡을 직접 만드셨다. 두 곡을 만들어 어떤 곡이 나은지 물어보셨다. 두 곡 다 너무 좋아 선택하지 못하는 나를 보며, 두 곡을 섞어 한 곡으로 만드셨다. 그렇게 선생님은 생애 두 번째 축가 연주곡을 나를 위해 직접 연주하셨다. 수줍음에 하객분들에게 인사를 멋지게 하지는 못하셨지만, 선생님의 진심이 느껴져 마음이 찡 해왔다. 결혼식을 끝내고 감사한 마음에 선생님께 미니 기타를 선물로 드렸다. 더 좋은 것을 해드리지 못해 죄송했고, 그럼에도 불구하고 기뻐해 주시는 모습에 기분이 좋았다.

코로나19 속에서 결혼한 지 3개월 만에 임신을 했다. 학원에 가기가 더 힘들어졌다. 그래도 집안의 대소사는 반드시 이야기하라고 당부하셨다. 결혼하고 맞이한 첫 '스승의 날' 만삭의 몸으로 오랜만에 학원으로 향했다. 가는 길에 만난 보조 선생님께 "선생님이 몸이 좋지 않아 만날 수 있을지 모르겠다."는 이야기를 들었다. 워낙 몸이 약하셨던 터라 '감기, 몸살이신가?' 생각하며 학원으로 들어섰다. 드디어 보고 싶던 선생님을 만났다. '만삭인데, 조심해야 한다.'라고 하시며 마스크를 꼼꼼히 눌러 쓰시고는 뒷걸음질 치셨다. 장난처럼 짧은 농담을 나누고 학원을 나섰다. 추석에는 짧은 통화만을 나누었다. 아이의 백일에도 잠깐의 톡으로 안부를 나누었다. 선생님의 답은 'ㅇㅋ' 였다. 그것은 선생님과의 마지막 인사가 되었다.

아이의 백일이 지나고 한 달 후, 첫아이를 육아하는 일에 허덕이고 있을 때 문자 한 통을 받았다. '부고 문자'였다. 코로나19로 무빈소 장례를 진행했다. 선생님을 만나러 갈 수 없었다. 마음이 추슬러지지 않았다. 아이를 재우고 나오자마자 남편을 붙잡고 한참을 울었다. 마음을 추스르고 사모님께 문자를 드렸다. 사모님과의 문자를 통해 선생님이 나를 얼마나 생각해 오셨는지 알 수 있었다. 선생님은 내가 선물한 미니 기타를 들고 찍은 사진을 가족사진 액자에 함께 끼워두셨다. 사모님은 다음에 선생님을 찾아갈 때 '미니 기타'를 넣어 두실 것이라 고 했다. 사모님이 나보다 더 선생님을 보고 싶어 하실 것 같아 모든 표현을 하지 못했지만, 선생님이 너무 보고 싶고, 조금 더 함께하지 못해 후회스러웠다.

나는 그냥 기타가 좋았고, 우연한 기회에 찾았던 학원이 선생님이 운영하던 학원이었다. 그 순간의 인연으로 선생님과 나는 사제지간이 되었다. 선생님은 내게 선생님이자 나의 '자존감 지킴이'였다. 선생님이 나를 특별히 아껴주신다고는 생각했지만, 그 정도일 줄은 상상하지 못했다. 시간이 얼마 없다는 것을 알았더라면, 만삭이 되어서야 잠깐 인사하는 일은 없었을 텐데……. 한 번이라도, 잠깐이라도 더 찾아뵈었을 텐데……. 미니 기타보다 더 좋은 걸 선물했을 텐데……. 잠깐의 통화와 잠깐의 톡으로 끝내지 않았을 텐데……. 내가 조금 더 빨리, 조금 더 많이 눈치를 챘다면, 더 열심히, 더 최선을 다해 선생님께서 만족할 만한 제자가 되었을 텐데…….

나의 소중한 사람과 나의 후회 없는 삶을 위해서는 빠른 눈치가 필요하다. 옆에 있다고, 당연하게 생각하거나 뒤로 미뤄두어서는 안 된다. 소중한 사람이 곁에 있을 때야말로 더 바라봐 주어야 한다. 눈치를 제대로 챙겨야 나를 지킬 수 있고, 나의 사람도 지킬 수 있다. 내 곁의 소중한 사람조차 지키지 못해서는 행복한 인생을 만들어갈 수 없다. 뒤늦은 눈치로 후회하는 일은 없었으면 한다. 나와 같은 실수는 하지 않기를……. 눈부신 눈치로 당신이 지키고자 하는 이들을 잘 지키며 행복을 마음껏 누리기를 바란다.

7.

나를 사랑하면 매일 감사함이 샘솟는다

"눈부신 햇살이 오늘도 나를 감싸면 살아있음을 그대에게 난 감사해요. 부족한 내 마음이 누구에게 힘이 될 줄은 그것만으로 그대에게 난 감사해요."

"힘든 기억도 견뎌낼 수 있던 건 함께 웃고 울던 그대 때문에 고된 하루에도 미소 짓는 건 항상 힘이 돼준 그대 때문에"

〈감사〉를 제목으로 둔 김동률 님과 이석훈 님의 노래 두 곡이다. 두 노래를 들으면 따뜻함이 가슴에 퍼지는 것 같다. 이렇듯 '감사'라는 것은 그 자체로 힘이 되고, 서로를 변하게 만드는 힘이 있는 것 같다.

학창 시절부터 자원봉사를 많이 다녔다. '청소년 자원봉사 단' 활동을 하며, 각종 행사 축제에서 '미아 찾기 봉사'를 했다. 겁에 질려 울면서 부모님을 기다리는 아이와 아이를 애타는 마음으로 찾아다니다 극적으로 만나는 부모님의 모습을 자주 보았다. 애타는 마음이었던 그들에게는 미안한 말이지만, 그 모습을 보며 부모님 생각이 많이 났다. 힘든 상황에서도 부모님과 헤어지지 않았다는 사실에 안도감을 느꼈다. 나를 놓지 않고 품어주신 마음에 감사했다.

대학생이 되고, 평화 캠페인에 참여했다. 힘 있는 자들의 무심하고도 가벼운 결정에 얼마나 많은 이들이 고통받아야 했는지에 분노했다. 역사가 되풀이되지 않았으면 했다. 많은 이들이 목숨을 걸고 지켜주셨음에 감사했고, 그런 평화를 함께 지켜야 한다고 생각했다.

평화 캠페인과 함께 '고구마 학교 : 장애 아동 청소년 자원봉사'를 다녔다. 담당 아동이 정해졌고, 나는 '고구마 학교'가 열리는 날이 되면 그 아이를 전담해서 케어했다. 많은 아이들이 모여들었다. 장애가 있어 또래 아이들처럼 진행이 잘 되지는 않았지만, 순수하게 뛰노는 아이들의 모습에 탁한 내 마음이 맑게 치유되는 기분이었다.

장애를 가진 어르신들이 모인 곳에 봉사를 가기도 했다. 몸을 움직이지 못하는 어르신의 손을 붙잡고 한참을 이야기 나누며, 돌아가신 외할머니 생각에 가슴이 메어왔다. 즐겁게 건강하게 오래오래 살아 주십사 인사를 드렸다.

주변을 둘러보게 되면서 나의 하루가 더욱 감사하게 느껴졌다. 건강하게 하루를 맞이할 수 있어 감사했다. 한 달에 몇 번이고 앓던 감기몸살로 병원에 가지 않아도 되어 감사했다. 끼니를 거르지 않을 수 있어 감사했다. 내 한 몸 뉠 방 한 칸이 있어서 감사했다. 내가 좋아하는 것이 무엇인지 깨달아서 좋았고, 싫은 것은 무엇인지 알게 되어 감사했다. 좋아하는 일을 할 수 있고, 싫어하는 일을 종종 피할 수 있어 감사했다. 좋은 사람들이 나의 곁에 있다는 것이 감사했다. 함께 있진 못해도 가족의 존재 자체가 감사했다. 많은 위기를 이겨내 준 가족에게 감사했다. 엇나가지 않고 잘 자라준 나에게 정말 고마웠다. 그냥 '나'라는 사람으로 살아줘서 고마웠다.

'감사'를 느낀다는 것은 깨닫느냐 깨닫지 못하느냐의 차이라고 생각한다. 별것 아니라고 당연하게 생각해 흘려버리면 감사하는 마음도 함께 흘러가 버리고, 알아차리는 순간 감사한 것은 더욱 소중하게 다가온다.

'감사'에는 관심과 배려가 있다. 오늘의 내가 어땠는지, 나는 얼마나 도움을 받고 도움을 주었는지, 나 자신을 다독였는지가 녹아 있다.

'감사'에는 공감이 있다. 입 밖으로 내뱉는 순간 말하는 사람의 생각과 마음이 고스란히 전달된다.

'감사'에는 희망이 있다. 바라는 마음보다 감사하는 마음을 우선하게 되면 감사할 일들이 더 많아지게 된다. 한 사람이 세 사람에게 선행을 베풀고, 각각의 사람이 다시 세 사람에게 선행을 베푸는 영화 〈아름다운 세상을 위하여〉의 '선행 전파 방식'처럼 말이다.

'감사'에는 행복이 있다. '행복해서 감사하다.'라는 말을 많이 하지만, 감사를 말하다 보면 '선행 전파 방식'에 의하여 감사할 일이 많아진다. 그러다 보면 결국 감사가 행복을 불러오는 결과가 만들어진다.

당장에 나를 사랑하는 것이 어렵다고 느껴진다면 감사를 전파하는 것부터 시작해 보자. 주변을 둘러보며, 입 밖으로 내뱉고 글로 써보자. 하루에 단 하나의 감사함이라도 알아채고 말해간다면 그 하루는 성공했다. 이미 소중한 하루가 된 것이다. 그 하루는 곧 나이기에 소중한 내가 하루만치 쌓인 것이다. 그렇게 쌓인 감사로 인해 소중해지는 존재는 바로 자기 자신이다.

8. 최고의 자존감 지킴이는 바로 나 자신이다

한반도는 오랜 세월 동안 끊임없이 외세의 침략을 받아왔다. 무려 천 번 정도였으니 그 시간이 얼마나 고통이었을지 감히 가늠조차 되지 않는다. 특히 일제 강점기에는 식민 지배를 받아야 했다. 도저히 상상조차 할 수 없는 긴 시간과 상황 속에서 우리나라가 지금 이렇게 굳건할 수 있는 이유는 무엇일까?

드라마 〈푸른 바다의 전설〉을 보며, 인상 깊은 장면이 있었다. 유나라는 아이가 나오는데 우연한 기회로 여주인공과 친해진 아이이다. 유나가 집에 가는 길에 꼬마 아이들이 유나를 불러 세우고 말한다.

"너 임대 아파트 살지? 우리 엄마가 그러는데, 임대 애들이 우리 학교로 오면서 우리 동네 물이 흐려졌대. 너희 엄마 이혼했지? 우리 엄마가 그랬어. 너 같은 애들은 가정교육이 엉망진창이래. 그러니까 같이 놀지 말래."

꼬마 아이가 한 말이라고는 믿기지 않는다. 가정교육이 의심스러울 정도다. 꼬마 아이의 말을 듣고 상처받을 법도 한데, 유나는 오히려 당당하게 나간다.

"나도 너랑 놀기 싫거든. 비켜줄래?"

'여려 보이는 작은 아이가 단단하게 잘 자라고 있구나.' 싶었다. 상대 꼬마 아이도 물러서지 않았다.

"여기 임대 아파트 애들이 다니라고 만들어 놓은 길 아니거든? 네가 돌아서 갈래?"

황당한 아이의 말에 유나는 무시하고 자기 갈 길을 간다. '어린 나이에 어떻게 이렇게 당차게 말할 수 있을까? 심지어 말도 안 되는 말에 무시하고 담담히 제 갈 길을 가네? 오히려 어리기 때문에 순수하게 자신을 지킬 수 있는 것일까?' 하는 생각이 들었다.

대학을 졸업하고 공무원 준비를 하던 시절의 일이다. 나의 나이는 이미 20대 중반을 넘었다. 친구들은 취업했고, 좀 더 빠른 친구들은 결혼한 친구들도 있었다. 아버지의 시대와 나이에 빗대어 보면, 내가 늦게 태어난 편이라 아버지 친구들의 자녀들은 취업하고 결혼해서 아이가 있는 집이 많았다.

각종 모임을 즐겨 다니던 아버지는 친구들로부터 자녀 자랑을 계속해서 들을 수밖에 없었다. 친구들이 부럽기도 하고, 우리 아이도 빨리 자리를 잡았으면 하는 바람이 컸을 것이다. 급기야 노파심에 아버지가 하고 계신 직종으로 직렬 변경을 했으면 한다고 거듭 말씀하셨다. 나는 아버지와 허심탄회하게 이야기해야 할 때라고 생각했다.

"아빠, 나를 믿고 조금만 기다려 주면 안 될까? 아빠의 기대와 믿음에 거스르지 않도록 열심히 노력할게."

나의 말을 들으신 아버지는 표현하지 않으셨지만 조금 놀라신 듯 보였다.

"믿고 있다. 그래. 그렇게 하자."

경상도 가족이라 저 정도의 표현은 있는 힘껏 한 것이나 마찬가지였다. 아버지의 말씀에 나는 감사함을 느꼈다. 내가 나를 믿고 당당하게 말한다면 상대도 나를 믿게 된다. 물론 믿음에 대한 값은 제대로 치러야 할 것이다. 아무튼 나는 그렇게 스스로를 지켜낼 수 있었다.

1940년 일본에서 태어난 대한민국 국적의 '장훈'이라는 야구선수가 있었다. 장훈 선수는 일본 프로야구에서 데뷔 시즌에 신인상을 받았다. 통산 2,752경기 출장(역대 3위), 통산 타율 3할 1푼 9리(역대 4위), 통산 안타 3,085(역대 1위, 일본 프로야구 사상 최초), 통산 홈런 504(역대 7위), 통산 타점 1,676(역대 4위), 통산 도루 319(역대 20위)의 대기록을 세웠다. 1990년에는 일본 프로야구 명예의 전당에 헌액되기도 했다. 유년 시절 화상으로 인한 오른손 장애와 히로시마·나가사키 원자폭탄 투하 피폭조차도 모두 극복해 냈다. 장훈 선수의 등번호는 여러 야구 후배들에게 상징적인 번호가 될 정도였다.

그런 선수이기에 일본인들은 장훈 선수가 일본으로 귀화하기를 열렬히 바랐다. 차별을 피하고 좋은 조건으로 선수 생활을 이어갈 수 있는 절호의 기회였음에도 장훈 선수는 귀화를 거부한다. 한 일본인이 귀화를 거부하는 이유가 도대체 무엇인지 물었다. 장훈 선수는 당당하게 "나는 한국인임을 한 번도 잊어본 적이 없습니다."라고 대답했다.

일본인들이 장훈 선수의 당당함을 인정해 줄 리 없었다. 조센진이라고 깎아내리던 우리의 뿌리를 자신 있게 외쳤기 때문이었다. 그들은 장훈 선수가 타석에 서기를 기다렸다가 비난과 야유를 쏟아부었다. "조센진 꺼져!", "조센진은 돌아가라!" 한두 명의 목소리는 순식간에 전체로 퍼져갔고, 결국 장훈 선수는 배트를 내려놓고 다시 대기석으로 들어가야만 했다. 잠시 후, 관중석이 조용해지고, 다시 타석에 오른 장훈 선수는 크게 외쳤다.

"나는 조선인입니다. 그게 뭐가 어떻다는 겁니까?"

그러고는 날아오는 공을 향해 배트를 날렸다. 그 순간 관중석의 사람들은 조용해졌다. 장외 홈런이 터졌다. 조센진이라고 욕하는 그들을 향해 당당하게 부딪힌 것이다. 장훈 선수는 한 인터뷰에서 이렇게 말했다.

"내가 한국에 처음 온 건 (한국인이라) 고시엔 대회에 나가지 못하고 한 · 일 친선 고교 야구에 출전했을 때야. 공항에 도착하니 사람들이 아리랑을 부르는데 가슴이 찡하더라고. 난 조국에 대해 자긍심을 갖고 있어. 국적은 종이 하나로 바꾸는 것이 가능하지만, 민족의 피는 바꿀 수 있는 게 아니니깐."

(내용 참고: 나무위키, 따뜻한 하루)

우리나라가 지금 이렇게 굳건히 '우리의 나라'로 있을 수 있는 것도 장훈 선수의 이야기와 마찬가지다. 지금은 잊힌 수많은 사람이 자신의 정체성을 잊지 않고자 노력했기 때문이다.

우리의 조상들이 우리의 나라를 지키고자 끝까지 싸워왔기 때문이다.

타인과 세상은 내 생각보다 나에게 별로 관심이 없다. 제대로 알려고 하지 않고, 그저 장난삼아 하는 남의 이야기가 재밌고 즐거울 뿐이다. 자신이 스스로를 지키고자 하는 마음이 없다면 장난삼아 하는 먼지 같은 자극에도 파사삭 부서져 버리고 만다. 반대로 스스로를 지키고자 단단한 마음을 만들어간다면 외부의 공격이 아무리 거세도 무용지물이다. 가장 중요한 것은 자기 자신을 포기하지 않는 것이다. 자신을 소중히 해야 한다. 타인에 의해서, 환경에 의해서 쉽게 좌우되면 나는 서서히 옅어져 가게 된다. 굳이 나서서 자책을 거듭할 필요도 없다.

모든 잘못이 나 때문인 것 같아 괴롭다고 해도 걱정할 것 없다. 지금부터 노력해 가면 된다. 나 자신을 돌아보고, 나를 살펴보면 되는 것이다. 지금부터 포기하지 않고 나 자신을 지켜가는 것이 중요하다. 스스로가 믿어지지 않는다고 하더라도 우리 한 사람 한 사람은 틀림없이 소중한 존재이다. 그러한 분명한 사실을 두고 의심할 여지는 없다. 기억하자. 당신은 이미 둘도 없이 소중한 사람이다.

9. 도중에 포기하지도 말고, 망설이지도 마라

나는 '자존감 탄력성'이라는 말을 좋아한다. '회복 탄력성'이라는 단어를 참고해, 나의 자존감 향상을 위해 내가 자주 되뇌었던 말이다. '여러 다양한 요건이나 환경들을 통해 자존감 향상을 만들어 내는 자존감 근력'이라고 내 마음속으로 정의 내렸었다. 그리고 하루하루 포기하지 않고 내 마음의 근력을 단단히 만드는 작업을 했다.

결혼하고 1주년이 되는 날, 열 달을 애타는 마음으로 기다리던 아이를 만났다. 코로나 탓에 갓 태어난 아이를 만날 수 있는 시간은 짧았다. 나와 아이는 조리원으로 향했지만 역시 코로나로 인해 우리는 떨어져 있어야 했다. 갓 태어난 신생아는 아픈 곳이 많았고, 내 몸도 출산으로 인해 많은 곳이 아팠다. 나의 몸을 조리하는 시간이라고는 하지만 울음소리가 가득하던 신생아실을 보고 있노라면 내 마음은 한겨울의 눈밭에 있는 것과 같았다. 자꾸 들려오는 울음소리가 마치 우리 아이 같아 매일 눈물로 밤을 보냈다.

1주일의 시간만 보내고 집으로 돌아가는 아이와 엄마를 보며, 나도 빨리 집으로 돌아가고 싶었다. 내가 견뎌낼 수 있었던 것은 우리 아이의 건강과 남편과의 대화였다. 2주일의 시간 동안 아이의 건강 상태를 점검해야 했고, 아이를 돌보는 방법에 대해 최대한 확실히 알아야 했다. 아이와 나 모두가 안정된 상태에서 만나기 위한 우리의 노력이었다. 결국 아이와 나의 건강을 위한 2주일의 시간이 지났다. 아이와 조리원을 나서는 순간, 겨울에서 봄이 되어 새싹이 돋아나는 기분이 들었다.

최근 수업을 들을 때 있었던 일이다. 수업이 마무리될 즈음 함께 수업을 듣는 사람이 말했다.

"혹시 책을 더 추천해 주실 수는 없나요? 더 읽고 싶어서요."

매주 한 권의 책을 읽는 과제가 있었는데, 추가로 더 추천해 달라는 것이었다.

순간 '대단하다.'는 생각이 들었다. 그리고 '정말 부럽다.'

는 생각이 뒤따랐다. 나는 육아와 집안일을 하면서 수업을 듣고 있었기에 한 권의 책을 모두 읽고 수업에 들어가기가 하늘의 별 따기였다. 날을 새면서 마음껏 책을 읽을 수 있었던 결혼 전의 내가 그립기도 했다. 과제를 위해 책을 읽고 글을 쓰면서 꼬리에 꼬리를 물고 마지막에 머문 생각은 결국 '나'였다. '책을 마음껏 읽는다는 것이 부럽긴 하네. 그래도 어쩌겠어? 나는 한 권을 읽어도 그 한 권에서 최대한의 배움을 얻으면 돼. 나는 나답게 해보는 거지 뭐.'

이런 생각에 머물자 괜스레 뿌듯하고 내가 대견하게 느껴졌다. 20대의 나였다면 남을 부러워하는데 조금 더 많은 시간을 썼을 것이다. 자책도 하고 자괴감도 느꼈을 것이다. 나는 이미 그런 일에 시간을 많이 소비했다. 그 시간이 있었기에 지금의 내가 되었지만, 당신은 그 시간을 줄였으면 한다. 보다 더 행복해지기를 바란다.

'작가'라는 꿈이 언제부터 내 마음 깊은 곳에 자리 잡고 있었는지는 잘 모르겠다. 처음에는 단순히 책이 좋았다. 그곳에는 나의 현실이 없었으니까. 그냥 마음이 편했다. 그러다 보니 글을 쓰는 시간이 좋았다. 어쩌다 보니 교내 대회에서 상을 받기도 했다. 수학, 과학은 자연스럽게 멀어지게 되었다. 국어가 더 좋아졌다. 마음이 가는 대로 진학을 하였고, 학과는 내 마음과 같지 않다는 것을 깨달았다. 교직 이수는 하지 못했고, 내가 쓰고 싶은 글을 쓸 수 있도록 가르쳐 주는 강의는 없었다. 나의 꿈은 마음속 서랍에 고이 담아둔 채 눈앞의 생활을 충실히 살아갔다. 책을 놓지는 못했다. 짧은 글을 조금씩 끄적였다.

시간이 흘러 나는 결혼을 했고, 한 아이의 엄마가 되었다. 부모님의 그늘 아래, 딸로서의 삶에서 한 가정의 아내가 되고, 엄마가 되는 과정은 존귀한 일이다. 내가 바라던 삶을 살 수 있다는 사실이 다행스럽고 감사했다. 하지만 결코 쉬운 일은 아니다. '여자'에서 '엄마'로 산다는 것은 좋지만 힘들고, 괴롭지만 행복한 일이다. 출산 후 회복되지 못한 몸과 주체할 수 없는 여러 감정에 기분이 널뛸 때도 있었다. 그러던 어느 날 친정아버지께서 한 블로그의 서평 포스팅을 공유해 주셨다. 평소라면 대충 보고 넘기곤 했는데, 그날은 서평을 모두 읽었다. 그리고 한 단어가 눈에 꽂혔다.

'작가 수업'

심장이 뛰기 시작했다. 어느새 문의 댓글을 남기고 있었다. 그 순간 가장 중요한 것은 수업 방식과 비용이었다. 아이를 돌보아야 하는 나의 상황에서 대면 수업이라면 더 생각할 필요가 없었다. 아쉽지만 나중으로 미뤄야 할 일이었다. 비용도 너무 부담된다면 진행하기 어려웠다. 나의 문의 댓글에 답이 달렸고, 곧바로 전화 상담으로 이어졌다. 수업을 듣게 된다면 아이와 함께 해야 하니 수업에 영향을 끼칠 수 있음을 미리 이야기 드렸다. 진행하게 된다면 배려해 주시겠다는 말씀에 괜스레 울컥했다. 통화를 통해 마음속 서랍에 담겨있던 꿈이 빼꼼 머리를 내밀었다. 수업비용이 부담스러웠다. 수입이 있는 상태가 아니었기 때문에 남편과의 상의가 필요했다. 막상 이야기를 꺼내기가 걱정스러워졌다. 나에게 종종 '글을 한 번 써봐. 잘 할 수 있을 거야.'라고 다독이던 남편이었기에 말이라도 해보자는 생각이 들었다. 걱정이 무색하게도 남편의 반응은 간단명료했다.

"해보자."

나의 꿈을 위해서 그 정도 투자는 충분히 할 수 있다고 말했다. 고마웠다. 수업료만큼의 돈이 남편의 직장 성과급으로 들어오면서 남편은 신기해하면서도 뿌듯해했다. 결정을 하고, 수업은 바로 시작되었다.

'시작이 반'이라고 하지만 고비는 무수히 많이 찾아왔다. 나에 대해 끊임없이 탐색해야 했고, 6개월 된 아이는 나의 손길이 필요했다. 기저귀, 잠, 이앓이 등. 바운서에 앉혀 놓아도 오래가지 않았다. 하이체어도 마찬가지였다. 수업을 듣다가 아이의 똥 기저귀를 갈아야 했다. 잠투정하는 아이를 안고 달래다 재우고 와야 했다. 이앓이로 대성통곡하는 아이를 안고 달래며 수업을 들어야 했다. 실습을 해야 하는 때는 앉아서 아이를 안고 키보드를 치기도 했다. 물론 아이는 가만히 있지 않았다. 너무 힘이 들어 의자에 앉혀놓고 수업을 들을 때면 어김없이 안아달라고 울었다. 딸랑이, 곡물 마라카스, 책 등을 활용했다. 잠깐의 시간을 벌 수 있을 뿐이었지만, 잠깐의 시간조차도 소중한 시간이었다. 과제를 따라가는 것도 쉽지 않았다. 매주 한 권의 책을 읽는 것도 버거웠다. 수업 시간에는 할 수 있겠다고 생각하다가도 혼자 과제해야 하는 시간이 되면 용기가 바닥으로 내려갔다. '내가 할 수 있을까?'하는 물음을 수없이 던졌다.

고민의 연속이었다. 아이와 함께 책을 읽고 아이를 옆에 앉혀두고 이것저것 끄적여 보기도 했다. 아이에게 미안한 마음이 가득했다. 아이에게 오롯이 집중하지 못하고 수업을 들으며 과제를 하는 모습에 죄책감이 들기도 했다. 그래도 엄마가 휴대폰만 보는 모습보다는 아이에게 좋을 것이라 자기합리화를 했다. 소아청소년과 전문의 하정훈 선생님의 '부모가 행복하게 살면 된다. 아이는 부모를 보고 배운다.'라는 말씀이 많은 위로가 되었다. 내가 행복하게 사는 것이 아이에게 행복을 가르치고 행복을 대물림해 주는 것이라는 말씀에 나의 꿈을 고민하고 도전하며, 행복한 모습을 보여주는 것이 아이에게 행복을 가르쳐주는 일이라 확신했다. 아이에게 미안해하기보다 포기하지 않고 끝까지 해보자고 스스로를 다독였다.

마지막 수업이 끝나고 혼자만의 싸움이 시작되었다. 목표한 3개월의 시간 내에 초고를 쓰겠노라 결심했다. 하루 종일 아이를 돌보고, 이유식과 집안일을 하고 나면 노트북 앞에 앉을 힘이 생기지 않았던 날들이 많았다. 감사하게도 나의 꿈을 지지하고 응원해 주는 남편이 많이 도와준 덕분에 노트북 앞에 빨리 앉을 수 있는 날도 있었지만, 하루 종일 아이와 하루를 보낸 나의 체력은 긴 시간을 버텨주지 못했다. 쏟아지는 졸음과 좋지 못한 컨디션에 괴로움은 더해갔다. 스트레스가 극에 달하면서도 놓치고 싶지 않았다. 새벽 3~4시까지 작업하는 일은 기본이 되었다. 아침이 되면 다시 아이와의 일상을 시작해야 했다.

목표한 날은 생각보다 빨리 다가왔다. 애초에 상황에 맞지 않게 욕심을 부린 탓도 있었다. 3개월 안에 무조건 해내겠노라고 결심했지만, 목표 날짜에 초고를 완성하지 못했다. 그즈음 아이의 돌잔치도 다가오고 있었다. 셀프 돌상 준비와 양가 가족이 모여 숙박하는 가족 돌잔치를 계획하고 있었기에 준비해야 할 것이 많았다. 검색과 주문을 반복해야 했다. 숙박에 따라 준비해야 할 것들은 쌓여만 갔다. 아이의 이유식과 분유를 포함하여 한복, 정장, 여벌의 옷, 음료 등. 우리 것만으로도 버거운데 양가 가족까지 모두 신경 써야 했다. 빠진 것은 없는지, 주문은 맞게 잘 들어갔는지. 스트레스가 심해졌다. 글이 잘 써지지 않았다. 그럼에도 불구하고 '목표한 바를 반드시 이루어내겠다, 초고를 완성하고 상쾌한 마음으로 아이 돌잔치 마무리를 하겠다.'는 일념으로 결국 나는 해낼 수 있었다.

일주일의 휴식 후 퇴고에 들어갔다. 초고를 다 썼다는 행복감은 희미해져 갔다. 금방 될 것이라 생각했던 퇴고 작업은 길어졌다. 초고를 읽을수록 실망스럽고, 확신이 들지 않았다. 몇 번이고 읽으며 퇴고를 거듭했다. 조금씩 자신감이 생겼다. 퇴고 작업을 하는 동안에도 초고 작업 때와 마찬가지로 졸음과 싸우면서 새벽까지 놓지 못했다. 졸면서도 꾸역꾸역 해내는 나를 보며 남편은 이렇게 말했다.

"와……. 진짜 독하다. 나는 못 할 것 같다."

남편의 이야기를 들으며 왠지 모를 뿌듯함에 감싸였다. 결국 나는 수업 2개월, 초고 작성 4개월, 퇴고 2개월. 총 8개월의 시간을 아이와 함께 성장하며 나만의 원고를 만들어 냈다. 그

동안 아이는 스스로 앉을 수 있게 되었고 기어 다녔다. 수없이 앞으로 고꾸라지고 넘어지면서도 일어섰고, 혼자서 베이비룸을 잡고 옆으로 걸어 다녔다. 손을 잡고 걸을 수 있게 되었고, 얼마 지나지 않아 엄마 손을 뿌리치고 혼자 걷겠다고 뛰어나갔다. 아이는 망설임 없이 포기하지 않고 앞으로 나아가고 있다. 나 또한 아이와 함께 한 발 한 발 나아가며 나의 첫 책을 완성했고, 계속해서 나아갈 것이다. 그렇게 나는 우연한 기회로 엄마로만 살 수도 있었던 삶에서 작가 딸, 작가 아내, 작가 엄마로서의 삶을 살게 되었다.

그리고 나는 또다시 새로운 도전을 시작한다. 상담심리학 스터디 강의를 우연한 기회에 접하게 되었다. 심리학을 복수전공하고, 상담심리학 2급 자격증을 취득했지만 너무 예전의 일이라 새로운 마음으로 다시금 시작한다. 이번 기회로 혼자서 고민하고 있을 많은 이들에게 도움을 주고 싶다. 나의 이야기를 통해 지레 겁을 내거나 포기하지 않고, 용기를 내었으면 한다.

눈치 보면서도 당당하게 살아가는 지금의 모습이 처음부터 뚝딱 되었던 것은 아니다. 타인과 비교하며 뒤처지는 듯한 모습에 주눅이 들었다. 부족한 나의 모습에 자책의 시간이 길어졌다. '내가 왜 이렇게 했지?' 하며 부정적인 생각이 머릿속에 가득 찼다. 나를 포기하고 싶은 마음이 시시때때로 들었다. 그럴 때일수록 무엇이라도 해야 한다. 책을 읽든 노래를 듣든 영화를 보든 대화를 하든. 그 속에서 나를 찾아가야 한다. 일단 움직이기 시작하면 걱정은 줄어들고 용기는 늘어난다.

남이 부럽다고 해서 거기에 너무 빠져들지 말자. 부러움을 에너지로 삼아 나의 성장에 욕심 내보자. 내가 마음에 들지 않는다고 스스로를 비난하지 말자. 거기에 나는 없다. 나를 찾고, 고민하고 생각하자. 포기하지도 말고 망설이지도 말자. 내가 존경하는 한 선생님께서는 "누구나 무한한 가능성으로 가득한 더없이 소중한 존재다. 일찍 피는 사람 늦게 피는 사람 차이는 있어도 자신의 행복의 꽃을 반드시 피울 수 있다."라고 말씀하셨다. 자신을 위해 마음껏 행복을 외쳐보자. 내가 이만큼 행복해졌으니, 당신도 반드시 행복해질 수 있다. 그러니 자신을 믿고 나와 함께 더욱더 행복해지자고 말하고 싶다.

눈치 보며 사는 것이 뭐가 어때서

펴 낸 날 2022년 11월 8일 초판 1쇄

지 은 이 임세화
펴 낸 이 박지민
책임편집 김정웅
책임미술 롬디
그 림 김민선
마 케 팅 박종천, 박지환, 이경미

펴 낸 곳 모모북스
서울특별시 동대문구 왕산로81, 203-1호(두산베어스 타워)
전화 010-5297-8303 팩스 02-6013-8303
등록번호 2019년 03월 21일 제2019-000010호
e-mail pj1419@naver.com

ISBN 979-11-90408-28-8 03810